JUS DE FRUITS
de Lyne Dunberry
est le deux cent trente-cinquième ouvrage
publié chez
LANCTÔT ÉDITEUR.

D1380246

JUS DE FRUITS

Lyne Dunberry

JUS DE FRUITS

Nouvelles érotiques

LANCTÔT
ÉDITEUR

LANCTÔT ÉDITEUR
1660 A, avenue Ducharme
Outremont, Québec
H2V 1G7
Tél. : (514) 270.6303
Téléc. : (514) 273.9608
Adresse électronique : lanctotediteur@videotron.ca
Site Internet : www.lanctotediteur.qc.ca

Illustration de la couverture :
Sonia Léontieff

Conception de la couverture :
Michel Martin

Maquette de la couverture :
Louise Durocher

Mise en pages :
Andréa Joseph [PAGEXPRESS]

Distribution :
Prologue
Tél. : (450) 434.0306 ou 1.800.363.3864
Téléc. : (450) 434.2627 ou 1.800.361.8088

Distribution en Europe :
Librairie du Québec
30, rue Gay-Lussac
75005 Paris
France
Téléc. : 43.54.39.15

Nous remercions le ministère du Patrimoine canadien et le
Conseil des arts du Canada de l'aide accordée à notre programme
de publication. Nous remercions également la SODEC, du
ministère de la Culture et des Communications du Québec, de
son soutien. Lanctôt éditeur bénéficie du Programme de crédit
d'impôt pour l'édition de livres du gouvernement du Québec,
géré par la SODEC.

À mes amies Christiane, Christine et Julie,
ineffaçables de ma vie.

Apaisée et revenue au langage,
mais toujours le gardant en elle,
et en elle le serrant, elle parla tout bas.
Aimé, toujours ensemble, toujours nous aimer,
c'est ce que je veux,
dit-elle avec son sourire de folle,
et il frissonna, captif d'elle qui le serrait.

ALBERT COHEN

Le paquet-cadeau

ON NE S'Y ATTEND JAMAIS. Ils ne sont pas prévisibles, ces trucs-là. Tu te demandais depuis des mois quoi m'offrir pour mon anniversaire. Quelque chose de pas standard, de pas foireux et de plus relevé qu'un coq au vin. Et puis une idée toute légère t'est venue à l'esprit, une idée d'à peine 275 grammes. Tu m'as offert un amoncellement de papier d'emballage, une étrangeté sans formes réelles. C'était gigantesque et haut, ça prenait toute la place au milieu du salon.

Avec un sourire qui aurait dû me fournir des indices, tu m'as vite demandé si je devinais ce qu'il y avait à l'intérieur. J'ai bien sûr dit non. Professionnellement, j'ai le réflexe de cerner plutôt rapidement ce que les gens ont derrière la tête. Mais quand il s'agit de ma petite vie privée, j'analyse sans méthode et, bien souvent, je ne vois rien venir, surtout pas tous tes instincts tordus de voyou.

Donc, j'étais là, en attente devant toi, à court d'inspiration, mais certainement pas de curiosité. Normalement, dans ces situations-là, je parle beaucoup. Mais là, rien. Juste toi, moi et cette chose bizarre qui faisait s'énerver mon cœur. Et puis tu as éteint les lumières. Une noirceur de suie. Et tu as mis de la musique, celle qu'on écoute quand on a plus que la simple envie de s'enlacer. Je n'ai rien vu venir.

Tu t'es placé derrière moi. C'était ta façon de me forcer à me laisser aller et de m'indiquer que cette soirée était rien que pour nous. Ensuite, tu as croisé mes bras sur ma poitrine et tu m'as fait danser. Au début, tu as cherché mes odeurs. C'était sensuel, ton jeu de jambes l'était aussi. Et tu m'as glissé à l'oreille que j'étais ta tendre et troublante sorcière. C'était adroit. J'aime bien quand tu me supposes des pouvoirs que ne possèdent peut-être pas les autres femmes. Puis tes gestes sont devenus plus directifs.

Tes mains ont commencé à me découvrir et à folâtrer sur mes rondeurs. Ton sexe est devenu raide contre mes fesses, plus insistant qu'un commissaire-priseur. Ton sexe m'a fait comprendre que j'étais à ta libre disposition. Ça, ça m'a un peu inquiétée. Ton plantoir m'a informée que je n'aurais jamais assez de ma main gauche et de ma main droite pour toucher tout le plaisir caché de mon cadeau.

Ça semblait être une conséquence automatique. Chaque fois que je frémissais sous tes doigts, oh même un frisson accidentel, tu me rapprochais d'un pas du cadeau.

Ton excitation n'était pas calibrée comme d'habitude. Difficile à dire. Tu semblais bander comme si cinq mille putes t'avaient juré leur désir foudroyant de te sucer. Comme si tes couilles étaient des entrepôts qu'il allait falloir vider de leur stock de toute urgence. Pendant deux instants, j'ai pensé te dire que je savais tout. Que j'avais deviné, qu'est-ce que tu crois. Que c'était un danseur nu emballé façon beaux-arts. Que tu n'aurais jamais dû me rapporter une queue *fast food* à la maison. Supposons que j'aurais préféré manger ton poussoir à toi. Mais j'ai jugé que ce n'était pas convenable de briser ton plaisir. Alors j'ai continué d'avancer. Il y a des trucs non prévisibles dans la vie, je l'ai dit plus tôt. Je le répète encore. Quand est venu le temps de déchirer l'espèce de housse en papier du cadeau, toujours dans le noir, tu as guidé mes mains dans ma vocation de déshabilleuse. À quoi t'attendais-tu ? Bien évidemment, j'ai été abasourdie. J'ai rapidement fait la différence.

Ça ne ressemblait pas à des fesses d'homme, à des jambes d'homme et à une bite d'homme, ce corps-là. Ce que je touchais était un terrain concurrent. C'était une chatte de femme, des hanches de femme, des foutus seins de femme. Toutes choses très mignonnes, je le concède, mais pour rien au monde indispensables à ma soirée d'anniversaire. J'ai touché vite, comme si j'allais être prise en faute ou quelque chose comme ça. Et j'ai inspiré un grand coup.

Merde, c'est ton cadeau ou le mien ? C'est ce que je t'ai dit, c'est vrai. J'étais un peu déçue. Je trouvais la chose encombrante et plutôt gênante. En fait, je n'avais jamais caressé une autre femme. C'est ça la vérité. J'avais parfois eu des tentations fugitives, mais rien de compromettant. J'aurais bien trop eu l'impression de sauter par-dessus des garde-fous. Il me semblait que je valais mieux que ça.

Quand tout le papier a été retiré, tu ne m'as pas laissée m'enfuir à la cuisine ou tenter une autre esquive du genre. Tu m'as fait frôler le ventre de mon cadeau surprise. C'était doux. Puis tu as

aventuré ma main entre ses cuisses et tu l'as main-
tenue là un long moment, à plat sur sa chatte,
sans bouger. Je pouvais sentir sa moiteur troublante.
J'étais terriblement impressionnée. Et pour un peu,
j'aurais demandé que tu me lèches là, devant elle.
Tu t'es ensuite mis à la caresser en utilisant mes
mains. Ça te ressemble, ça, de m'envoyer sur la
ligne de front. Mais je l'ai fait, sans idée de défense.
Je t'ai laissé découvrir ses courbes sous mes doigts
et les détailler à la pièce. J'ai pétri ses seins jusqu'à
nous en rendre esclaves, creusé ses reins, tripoté ses
fesses et fait luire son clito un nombre incalculable
de fois. Plus rien ne pouvait arrêter nos mains
confondues. Nos caresses étaient comme des tables
gigognes et s'empilaient en harmonie, les tiennes
sur les miennes. Et ce qu'elle était accommodante,
la bidule déballée. C'est tout simple, elle n'a pas
cessé de se tortiller et de dire qu'on faisait bien. Si
j'aimais ça ? Je mouillais comme un aquarium fis-
suré, tu as bien senti.

À un moment donné, je t'ai demandé où tout
cela allait nous mener. C'est que je commençais à
drôlement me méfier de mes envies. Et surtout de
la force de ton érection. Et comme tu n'as pas
répondu, j'ai vite voulu que tu m'embrasses.

J'ai fermé les yeux, mais c'est un autre goût qui
a empli ma bouche. C'est sa langue à elle qui s'est
faufilée dans ma salive. Et toi, tu nous as bues
toutes les deux. Deux moitiés nécessaires à ton plaisir entier. Et tu as soudainement inversé les rôles.
Ce sont ses mains à elle que tu as commencé à utiliser pour me déshabiller. L'effet que ç'a eu ! Je crois
que j'ai sauté un plomb parce qu'une partie de moi
a alors vaguement perdu le contrôle.

Je me souviens que tu as glissé ses mains sous mon chandail ajusté et que ses doigts ont fait pression sur mes pointes déjà durcies. Je me souviens de mon pantalon qui s'est retrouvé par terre, de ma culotte qu'elle a fait glisser comme un gant de crème vaseline et de son corps collé sur le mien. Quand ses rondeurs ont roulé sur les miennes, ça t'a fait gémir comme un mulet, j'ai bien entendu, et tu m'as balancé cette phrase : « Elle te plaît bien, hein ? » J'ai pris grand soin de ne pas répondre. Le triomphe que tu en aurais tiré… J'ai plutôt dévié mon attention sur le fait que ton six-pouces se trouvait alors plus près de son sexe à elle que du mien. Détail de zonage assez excitant, je l'avoue. Tout ça, c'est assez clair dans mon esprit. Mais pour le reste, c'est moins précis.

Le noir, toujours ce noir si troublant et suggestif…

Elle n'avait pas de laissez-passer. Pourtant, elle s'est invitée partout sur moi et en moi comme si elle souhaitait me jeter dans une quelconque fièvre.

Elle m'a caressé la nuque et le visage avec lenteur. A évalué sous tous les angles le poids de mes seins et l'ardeur de mes mamelles entre ses dents. A fait vibrer mes hanches. S'est surpassée à me lécher le clitoris. A savamment et intensément coulissé ses doigts dans ma vulve. Elle n'a jamais arrêté d'avoir ce talent prodigieux de m'allumer, de me combler et de me faire palpiter. Pas une seconde. Elle était brûlante, ardente, vibrante, et rien, pas même l'univers entier, n'était plus important pour moi que de la savoir mouvante, tantôt debout pour mieux m'enfiler la chatte, tantôt à genoux pour mieux déclencher des jouissances dans ma fente.

À cet instant, si j'avais eu une balance, je t'aurais dit que mon plaisir pesait mille tonnes d'air. C'est bête, une image pareille. Mais je sentais vraiment que les caresses passaient à travers ma peau et me faisaient quasiment léviter.

Je ne sais plus trop combien de fois, sous ses manœuvres, j'ai déménagé de la verticale à l'horizontale. Combien fort j'ai voulu la goûter à mon tour, la prendre dans son intimité, lui faire porter son désir comme un fardeau insupportable. Je ne sais plus. Et je le dis avec un contentement très fort. Un fait est sûr, toutefois. Tout au long de cette éternité où j'ai coulé, élargi, agrippé et frémi, j'ai pensé sans arrêt à ce que j'avais envie qu'elle te fasse.

Et elle l'a fait.

Elle s'est mise à te sucer, à te mâchonner et à te brouter avec une endurance de pipeuse athlète. Ses cheveux étaient complètement trempés. Quand elle a eu donné sa juste part, elle m'a laissé la place et j'ai renchéri sur ton trépignoir, je t'ai pompé avec double force et double excitation. On était jumelles sur ta queue.

Quand tu as joui, c'est moi qui ai pris la rasade. C'était mon anniversaire après tout. Mais j'ai partagé avec elle. Parce que ton liquide allait être aussi très chaud et très doux dans sa gorge. Et surtout parce que je voulais m'assurer que mon paquet-cadeau allait bientôt revenir nous célébrer.

Le cône comme du verre cassé

CE MEETING qui ne voulait pas finir. Cinq heures de corde raide. Mais tu as bien manœuvré. Tes associés t'ont trouvé habile. Et les clients sont pratiquement sur le point de signer. Un contrat arraché de haute lutte. Ta réputation de fin négociateur n'est pas surfaite. Maintenant, certains derniers détails juridiques. C'est moi l'avocate. Tu t'excuses, te lèves et m'entraînes avec toi, prétextant vouloir discuter d'un ou deux points légaux en privé. Pause de trente minutes pour tout le monde.

Je ne demande pas mieux. Depuis des jours, j'ai le feu au ventre et des airs de draps chauds quand je te regarde. Mais c'est à peine si tu me remarques. Trop occupé et tendu. Quatre longues semaines que tu ne m'as pas prise. Je frise la démence.

Tu me conduis vers la petite salle de documentation où l'on pourra réfléchir posément, assures-tu. Tu veux rire ? Moi, avoir les esprits froids ? Je me sens comme une fournaise. Tu me demandes mon avis sur une clause juridique que tu as en tête. Quel air sérieux tu t'épingles au visage. J'ose tout de même te glisser ce bout de papier. Tu t'étonnes de me voir te remettre quelque chose. Tu m'avais demandé de ne préparer aucun document. Attends de prendre connaissance de celui-là. Il ne contient pas vraiment le fruit de mes savantes recommandations. C'est mon désir, ce papier-là.

Tu y lis, en déchiffrant mon écriture emportée comme toi seul sais la comprendre : « Requête totalement illégale. Le jeûne est long. Je voudrais tellement, aujourd'hui, réquisitionner ta queue, même si ce n'est pas le moment. Je voudrais la coincer entre mes doigts, l'exciter, en faire un modèle volumineux. Tu deviendrais énorme. Ah ! ce que je te branlerais. Je te ferais juter. Tu grossirais, grossirais encore, et à force d'étirer, tu deviendrais de plus en plus comestible. Oui, ce serait bon. Tu n'aurais rien d'une bite molle. Oui, c'est merveilleux, ça devient presque réel tellement j'ai envie. Je suis certaine que ta baïonnette est bien chargée, furieuse. Je me trompe ? Tu voudrais me la montrer ? Je pourrais en serrer l'anneau, ton anneau si gros que j'aurais peine à en faire le tour. Je mesurerais ton enflure, oui, tout ça pendant que tu hésiterais entre mon sein gauche et mon sein droit, tout ça pendant que tu régalerais confusément tes lèvres sur chaque tétine pour n'en décevoir aucune. Tu m'échauffes. Tu m'étourdis... Qu'attends-tu ? »

Tu lis rapidement. Le regard que tu me jettes ! De vrais jets d'étonnement non dilués. À ton habitude, tu t'ajustes rapidement. Et tu renvoies le tir :

— Très intéressant, maître. J'ai toujours su que tu étais un mélange d'animal et d'intelligence assez agréable. À vrai dire, je ne t'ai pas quittée des yeux durant toute la réunion. Tu m'excites comme un miroir de bordel. Je t'imagine très bien en train de t'humecter la chatte devant une grande glace. Tu aimes voir le reflet de ton plaisir en gros plan ?

Tu aimes penser que mes mains savent quoi inventer pour te faire miauler ?

Tu t'es tourné pour verrouiller la porte et tu t'es plaqué derrière moi. Ta langue est maintenant flâneuse dans mon oreille. Je ne bouge plus, troublée. Je me sens comme une implosion. Je trouve excitants au possible ton cul et ton durcissement. Je suis glissante comme de l'huile, bouillante par-dedans et par-dehors. Tu sais sans aucun doute que j'ai comme fixation de boire ta liqueur, goutte par goutte. Heureusement qu'il y a d'inscrit sur la porte « confidentiel ». Quoique « cabine privée » aurait tout aussi bien convenu.

Tu commences par me dévêtir, morceau par morceau. J'entends mes vêtements craquer sous l'empressement. Une fois que je suis nue, tu me soulèves. Tu m'étales sur la massive table de bois de l'endroit. Et tu m'y contemples de longs instants, sans me toucher. Je fonds telle une bougie. Je suis comme la sacrifiée promise, comme un papillon punaisé sous une paroi de verre. J'ai peur de bouger. Peur de ce qui va suivre. Mais, en même temps, je veux que ça démarre, je veux voir nos corps perdus, soulevés et rompus sous les rites appris.

Entre tes mains, je suis un atlas. Tu me ratisses et me humes sur toute ma longitude. M'embrasses zone par zone. Et m'allumes sur chaque millimètre carré, en prenant soin d'éviter mon triangle gazonné et ma mouille. Je n'ai rien à expliquer. Tu détectes mon plaisir partout. Tu t'y noies. Tu t'y absorbes. Je suis à ta solde. Tes mains sont clairvoyantes et me devinent. Combien de temps puis-je retenir ma respiration sous ton exploration ? Je ne sais pas. Je respire comme une cheminée bouchée. Pire, comme une chienne qui halète. Je suffoque. Je cours après mon air. Je ne suis qu'un gros sexe. Qu'une fente béante. Très rouge. Et suintante. Qui court après sa jouissance. Oui, je la sens monter. Elle me scie. Et m'enfonce.

Tu n'arrêtes pas de tourner autour de la table et de me goûter sous tous les angles. Tu me lèches autant que tu le peux. Tu me retournes à plat ventre pour atteindre les entrées dérobées et créer des ouvertures où ça semble impossible. Tout ça est très primitif, *underground*. Tu es partout. Au bout de la table. Debout sur la table. À genoux sur la table. À quatre pattes sur la table. Toi, moi, dessus, dessous, à qui mieux mieux. Ton dressoir comme un boutefeu dans ma bouche. Les prises de vue diffèrent. C'est le tumulte, et je ne sais contre quelle volupté ou quel vertige je me bats. Nos corps semblent profiter de la même élasticité, viser les mêmes surenchères d'emportements humides.

Je te parle par syllabes incompréhensibles. Tu ne me réponds que par des sons caverneux qui disent « je suis occupé ; démène-toi sur ma queue raide pendant que je te brosse et t'encanaille ». Ma voix gémissante est amplifiée par l'acoustique de la toute petite pièce.

Je te suce, t'aspire et te mange comme s'il ne restait qu'un quart d'heure à mon existence. Pour un peu, j'expédierais un petit télégramme à ton cul bien rond pour l'aviser de ne plus balancer ses couilles dodues dans mon visage. Je les ai déjà trempées non pas trente, ni trois cents, mais trois mille fois. Mais je ne peux pas bouger, j'ai trop mal. Tu as entrouvert mes petites lèvres et sembles vouloir faire jaillir ce qu'elles ne camouflent plus. C'est l'épouvante dans mon ventre, la presque torture.

«La cause est bonne, me souffles-tu tout bas. Suce-moi maintenant à fond de train. Impose-moi ta chatte très chaude. Tends-la moi. Abandonne-toi. J'ai envie de ton plaisir. À partir de maintenant, il n'y a plus de conventions. Il n'y a que toi qui vas s'élargir, toi que je vais creuser, posséder.» Dans ta tête, chaque geste accompli annonce le geste suivant. Tu te tournes, ramasses un magazine qui traîne sur un rayon, en déchires d'un trait plusieurs pages et les roules de façon à former un cône rigide. Non, tu ne vas pas m'enfoncer cette espèce de cornet dans les profondeurs! Pas me fourgonner avec cette masse de papier compacte! Je vais hurler, ça va chauffer. Mais tu le fais. Tu te places à l'extrémité de la table, me tires rapidement vers toi en me froissant légèrement la peau du dos, retrousses mes jambes et pousses doucement en moi le godemiché de papier, en suivant dans mes yeux révulsés la descente du cône.

Je suis couchée sur la table, et j'ai l'impression que je vais tomber du plafond. C'est une râpe que tu m'enfiles. Pire, du verre cassé qui me broie et me déchire dans une impression de ravage. Bizarrement, le bloc de douleur s'amenuise lentement et se transporte ailleurs. Bientôt, le cône ne me gêne plus. Je n'aurais jamais cru être un jour l'esclave d'un magazine à six dollars.

Mon visage se transforme en une large grimace. Je vais jouir. Je ne sais plus d'où je viens, ni où je vais. Oui, continue, j'exige que tu continues à me fouailler, démonte-moi pour voir en dedans comme c'est fait. Je suis une mécanique de chair humaine. Compte les vis qui me manquent à cause de toi. La douleur me sert maintenant de tremplin. Je coule. Parle-moi sans discontinuer. Il n'y a que toi qui peux m'imposer ce traitement qui est, en fait, une punition puisque tu ne peux pas encore m'emplir. Ça monte très fort, je suis tout en haut, sur un plateau de joie, émerveillée. Laisse-moi me suspendre à ton cou. Laisse-moi te faire plier sous mon orgasme. Et mon cul, lui, tu lui réserveras un sort plus civilisé?

Tu retires doucement le cône maintenant détrempé et tu prends soin de me calmer la chatte en la massant de ta paume pleine. C'est bon, mais le réconfort est de courte durée. L'air est une brûlure sur mon sexe. Il faut l'éteindre. Je lève la tête, je te regarde me regarder, j'écarte à nouveau les jambes et tu comprends. Mes yeux sont presque une commande. J'aurais voulu te faire patienter avec arrogance, voir ton canon à pisser dans un état d'agonie suprême. Mais, retenue, immobilisée, j'ai besoin que tu m'enclouues, que tu te perdes en moi et que je t'y retrouve.

L'ouverture de ma fente est somptueuse. Tu t'y jettes à grands jets et tes sursauts ne me trompent pas. Ta jouissance est certainement la plus longue à laquelle j'ai eu le bonheur d'être associée.

Normalement, on sert du champagne à la signature d'un contrat. Cette fois, sans convenance, je bois à pleine bouche ta crème Chantilly.

La ruelle où il ne fallait pas

Tu me tombes sur la tête comme une brique. Réception grandiose, au moins trois cents invités, hôtel impeccable, orchestre de chambre, plats raffinés. Et toutes ces femmes qui affichent leur pedigree sur des quincailleries de bijoux. Je me sens dans une page de magazine *Vogue*. Pas ma place du tout. Et voilà qu'un collègue me présente à toi. Une apparition. J'entends à peine ce qu'il déblatère de flatteur à ton sujet. Je meurs. « On se connaît, je crois », suggères-tu devant la bête saignante que je suis. « Vraiment ? Et on se serait oubliés si vite ? »

Je voudrais, à cet instant, posséder le courage tordu d'un assassin et te faire la peau. Combien de temps déjà ?

Après une dizaine de nuits folles et des débuts de sentiments, tu avais promis de me rappeler. Cinq mois déjà. Et pas un appel, pas un courriel, pas un signe de vie. Connerie sans nom. Tu m'as joué le coup du gars qui change d'adresse sans faire suivre son courrier. Je ne te l'ai pas pardonnée, celle-là. Et mon orgueil déconfit non plus. Aucune parole de rupture. Une attente insoutenable. Comment as-tu pu ?

Tu me parais éminemment désirable. Un corps taillé pour porter le toxedo. Je réponds à tes questions comme une automate. J'ai l'habitude des relations publiques. Mais ma tête n'y est pas.

Je me repasse en accéléré tous ces petits films où tu m'écartes les jambes, plonges dans mon fourré avec application, me lèches, m'emplis, me manges les mamelons comme des framboises. Je n'oublierai jamais ta spécialité : m'allumer le ventre comme un charbon brûlant pour ensuite venir t'y réchauffer. Pas baiser avec moi. Baiser en moi, dans mon jus de chatte. Jamais personne ne m'a fait jouir comme toi. Et moi, proche de l'étouffement, qui te fais toutes ces fellations, qui se cramponne à toi, gros, dur, qui te fais durer, qui ondule sur ta croupe comme si j'avais des ressorts aux fesses et qu'il me fallait remporter un concours de rodéo. Jamais je n'ai été aussi salope qu'avec toi.

Silence embarrassé. Mes yeux me trahissent. Tu plonges ton regard dans mon décolleté. Un interminable examen. Je sens ton désir qui rapplique. Je l'exploite un peu en gonflant des mamelons. Ta réaction ne se fait pas attendre. Tu bandes, et ça paraît. On dirait qu'un petit *airbag* se déploie dans ton pantalon. Divin. Tu me fixes avec un demi-sourire, oubliant presque la présence de celui qui t'a introduit à moi. Tu es convaincu que je vais céder, c'est-à-dire questionner, louvoyer pour obtenir au moins une maigre pitance d'explication.

Je résiste au prix d'efforts incroyables. Ne pas s'abaisser. Demeurer digne. « Enchantée, j'ai été ravie de faire votre connaissance. » Serrement poli de mains. En moins de deux, je file à l'anglaise. Fini, match nul, mon jules.

Je cours me réfugier dans la salle de toilettes. Repaire parfait pour se replâtrer un semblant de contenance. Je suis ébranlée, frustrée, mon cœur pompe à tout rompre. Mais j'ai surtout le sexe réveillé, excité, qui palpite à une cadence désordonnée. C'en est accablant. Une puissante exigence se fait sentir entre mes cuisses. Ce que je donnerais, à cet instant, pour que tu approches tes doigts de ma vulve. Laisse, ce sont les miens qui vont s'activer. Pas pour me faire jouir. Pas ici. Trop quelconque. Seulement pour me soulager un peu, pour relâcher un trop-plein de pression.

Syncope en sortant de la salle de toilettes. Tu es là, dissimulé derrière une large colonne, occupé à ne te faire remarquer de personne. Toute ton habileté démoniaque se résume en ce geste : tandis que tes yeux soutiennent franchement les miens, tes doigts font lentement coulisser ta fermeture éclair jusqu'en bas. L'affreuse invitation empoisonnée. Moi, succomber à une braguette qui s'aère ? Manifestement, tu me connais mal.

Par contre, il faut avouer que tu entends plus que bien l'appel de mon ventre, de mes seins et de mon cul transformé en supplication.

Quand tu me suggères d'aller prendre l'air, je te fusille des yeux. Ça t'amuse. Non, pas question de tomber dans le guet-apens. Aussi bien dire me jeter contre des barbelés. Pourtant, je m'entends accepter. Au moins, j'ai assez d'honneur pour mettre un filet de résistance dans ma voix.

Une fois à l'extérieur, tu nous conduis vers la petite ruelle déserte derrière l'hôtel. Il fait noir. Le décor est sans charme, rugueux, mais je ressens tout de même une curieuse excitation. Tu n'as rien à me dire. Pas même des excuses ou des regrets. Ton silence me crie simplement que ton corps a été privé du mien trop longtemps.

Au hasard d'un recoin non éclairé, rapide comme toujours, tu m'appuies contre un mur et tu t'écrases soudainement sur moi. Tes mains font des mouvements de balançoire, montant, descendant très vite. Je les sens encercler mon cou, non, s'emparer d'une fesse, non, flatter un sein. Ici une cuisse, ici la lisière de ma culotte soyeuse. Tes mains fugitives éprouvent un grand mal à se fixer. Elles sillonnent toutes les directions, me fouillent en règle, s'avancent vers toutes les envies et disparaissent dans toutes les moiteurs. Tout se fait à travers le tissu lamé de ma robe longue et moulante, une seconde peau qui encourage ton imagination.

Tu libères l'une de mes épaules et m'embrasses le haut du sein. Ça dégénère rapidement. Bien vite, j'ai les deux mamelles à l'air. Tu les tètes à te perdre, les tortilles entre tes dents, les vivifies de lèchements de langue. Ma poitrine est lessivée de désir. La situation est sans équivoque : plus tu m'explores et me besognes pour attraper ce qui n'est pas à portée de lèvres, plus ma robe de soirée s'entortille autour de ma taille.

Ça y est, elle est complètement descendue du haut et remontée du bas. Et le spectacle que je t'offre alors te fout la trique comme une matraque. Je suis devant toi, vêtements en désordre total, baguée et parfumée comme une diplomate mondaine et, sous tes yeux, je suis tout à coup transformée en poule de luxe qui se fait faire une passe dans une ruelle.

Ça te fait bander sans bon sens. Et moi, ça me fait ouvrir les jambes. J'ai envie d'être fourrée comme rarement j'ai voulu l'être. Et si quelqu'un venait à passer ?

Pas de temps à gaspiller. Baise chrono. Tu me retournes et appliques mes mains contre le mur rêche, bien en haut. J'ai deux graffitis entre les yeux et sur mes bonnes manières. Tu commences d'abord par te branler sur le rebondi de mes fesses et à t'astiquer le manche sur toute sa longueur. Je vois que tu n'as rien perdu de ta dextérité et de ta rigidité. Tes couilles, de splendides valseuses, sont également toujours aussi vaillantes à l'œuvre. Je tente d'allonger la main jusqu'à elles. Tu bloques mon geste.

Tu saisis ensuite ma main. C'est mon majeur qui t'intéresse. Tu l'enfouis dans ma vulve. Le ressort humidifié trois fois, quatre fois. Puis tu le déportes jusqu'à mes fesses et le fais se balader brièvement sur ma rosace plissée. Mouillage assuré. Ton souffle est dans mon cou. Saccadé. Emporté. Comme toutes les fois où tu m'as chauffé la chatte.

Étape suivante : contenter la clitoridienne que je suis. Délicat de ta part de te souvenir que je tiens à ce premier orgasme. Tu tires sur l'avant et l'arrière de mon slip afin que la bande de l'entrecuisse ne forme plus qu'une fine lanière de satin entre mes fesses. Follement excitant. Mon sexe est ainsi fendu en deux. Tu promènes le tissu de gauche à droite. À chaque passage, tu frottes mon clito. N'arrête pas. Encore. Un peu plus vite. Centralise sur mon bouton gonflé. Repousse bien mes lèvres pour tout dégager. Tes doigts sont experts, précis. Tu me fournis ma première jouissance.

Ce que je me hais !

Maintenant que mon vagin est contracté au possible, vite, tu t'empresses d'y entrer tes doigts. Tu pousses au fond pendant que je serre. Tu joues du poignet en moi. Tu agrandis mon trou en retroussant uniquement ta phalange du bout. Je m'abandonne à ton travail. Oui, ça fonctionne. Mon corps n'est plus qu'un seul et même muscle de plaisir, tendu à l'extrême, à vif, douloureux. Regarde, je coule tellement que ta paume est pleine de ma sève. Je suis sur orbite.

Cet orgasme-là a la force d'une détonation. Tout mon ventre est paralysé, crispé d'un bord à l'autre. Et ça dure, ça dure... C'est prodigieux. Je ne tiens plus sur mes jambes. Allez, sale brute, indique-moi la suite. Tu vas m'achever.

J'essaie de me retourner et de me pencher pour avaler ta bite braquée. Pour sucer ce tube musclé qui me met dans tous mes états. Mais tu interromps ma descente. Tu n'as plus le temps d'attendre. Ton pénis fougueux fonce entre mes cuisses et y court avec affolement comme pour se creuser un espace. Tu ne lâches encore aucun lest. Tu avances et recules, efficace navette. Tu te frayes un passage étroit. Ton gland a des allures de cheval cabré. Tu veux te souder à moi.

La tension n'est plus supportable. Je me retrouve inclinée et posée contre le mur sur mes avant-bras. Tu me pénètres avec urgence, en me soulevant par à-coups, en me bouchant au complet, en me trouvant d'extase et en jutant rapidement à travers mon troisième orgasme. Comme si tu avais appris ça depuis des siècles infinis.

J'aurais aimé sentir longtemps en moi les pulsations de ton sexe. Mais, entre deux essoufflements de bêtes enfin repues, il a fallu vite nous rhabiller.

Je réajuste ma robe sans te regarder. En m'éloi-
gnant pour retourner à la réception, je te balance
simplement un « n'oublie pas de me rappeler dans
cinq mois ». J'attends une réponse banale. Mais tu
m'en exemptes et me retournes un « j'ai viré la ville
à l'envers pour m'assurer que tu serais ici ce soir,
peut-être que je voulais absolument t'y croiser pour
t'avouer que je suis le roi des cons ».

Gâteau du diable

TOUT DE MÊME un léger réflexe de panique. Il est rentré beaucoup plus tôt que prévu, vraiment à l'avance, deux heures au moins, et il l'a surprise sur le fait. Elle était dans le chaud de l'action, dans la cuisine. Et son visage s'est figé net quand elle s'est retournée et qu'elle l'a vu, appuyé sur l'armoire du coin, les bras croisés, pâmé de silence mais avec des yeux qui dessinaient comme un faisceau d'étonnement.

Il y avait de la vaisselle partout et de la poussière de farine qui trahissait un certain plaisir du débordement. Et tous ces gâteaux qui tiédissaient sur le comptoir, il n'aurait jamais cru qu'elle savait en confectionner autant, des ronds et des petits, des carrés étagés et des légers façon des anges. Et pendant qu'elle s'inquiétait de son accoutrement navrant et de ses cheveux qui avaient échappé à tout peigne, lui s'est dit qu'elle ne pouvait être plus magnifique que dans cette simplicité et dans tout ce bordel de cuisine. Cette odeur de vanille la rendait vraiment plus sensuelle que tout autre parfum de femme.

Et cette tenue de pâtissière qu'elle avait. Il bandait pendant qu'il en faisait une lecture minutieuse. Belle et désirable, voilà ce qu'elle était avec son unique vêtement, un chandail lourd et ample, juste assez long pour lui recouvrir l'ourlet des fesses. Rien d'autre. Un tricot un peu fané et sans grâce particulière, mais capable de susciter plein d'émoi. Et quoi encore... Des cuisses nues, des mollets nus, des pieds nus qui complétaient de jolies jambes faites pour s'entortiller autour d'un corps. Libertés d'aisance. Son sexe aussi, supposait-il, devait avoir obéi au même péché de nudité non coupable.

Durant un court instant, elle est demeurée immobile, tête tournée, l'air de réfléchir à quoi dire, avec la spatule en suspension au-dessus du bol. Puis elle a souri. Un sourire incertain, au départ, puis un sourire qui s'est arrondi et qui s'est mué en joie malicieuse. Elle a commencé cette phrase : « C'est que... » Toutefois, elle n'a pas été plus loin. Elle a retenu les autres mots en coulant une main distraite sur sa nuque, puis sur son sein droit, et elle a souri encore, plus vive, plus chaude. Elle s'est alors retournée vers son mélange.

Ce n'est pas sorcier, la pâtisserie. C'est du mouvement.

La voilà qui brasse sa pâte en commandant des ronds rapides à son poignet. Ses hanches suivent la mesure et bougent un peu, et le ventre, lui aussi, danse un peu, tout comme les seins qui se trouvent commis dans le geste. Mais ce sont surtout ses fesses qu'il remarque, ce cul nu qui se dénoue à travers de menus déhanchements. Avec quelle habileté elle manie ce manche de bois, cette baguette très raide qui semble accomplir des prodiges. Et avec quel enthousiasme elle brasse la pâte, la malmène, l'allonge, la réchauffe et en obtient de longues coulées, onctueuses et baveuses à souhait.

Bon Dieu, c'est du gâteau du diable qu'elle prépare là...

Après des instants désespérément longs à faire la vie dure à ce mélange, elle dépose enfin la spatule et s'enduit les doigts de miel. C'est quoi la suite normale ?

« Débraguette-toi ! » ordonne-t-elle tout à coup.

Il n'est pas certain de comprendre.

« Montre-moi que tu peux gonfler et monter, toi aussi. Sors ta queue que je la baratte. »

Elle se jette aussitôt sur cette autre grosse spatule dont elle s'accapare comme d'un nouvel instrument.

Sa main glisse lentement sur la trique, monte, descend, enduit la hampe de miel tiède, toujours cette agilité dans le poignet, toujours ce même enthousiasme, elle allonge la chair, très vite, la pétrit, s'y cramponne, fourre la bite enflée entre chacun de ses doigts, le gland grossit démesurément, devient violacé. Plus elle le gomme de miel, plus elle mouille comme une affamée dévergondée, licencieuse. Et voilà que maintenant du sirop gluant vient tout au bout du manche, délicieux. Elle ne va pas le lécher tout de suite, pas comme ça, il manque quelque chose.

« Non, ni praline, ni caramel, précise-t-elle. Pas ma saveur pour te branler... »

— Tu penses à quoi ?

Son regard s'allume de curiosité. Il ne sait trop s'il doit se fier à ses audaces culinaires. Il n'a jamais trouvé sa beauté plus bouleversante qu'à cet instant.

« Je pense à quelque chose de moins raffiné. Dans pas longtemps, ta bite va devenir ma friandise... »

Et elle sort le sucre et en remplit le creux de sa main. C'est avec ça qu'elle le roule, l'enveloppe et le rehausse sans jamais toucher les poils. Du travail propre. Elle ne lésine pas sur la quantité. Elle badigeonne bien toute l'enflure, qui ressemble maintenant à un pont-levis enneigé. Belle structure, très forte. Une solide pièce faite pour supporter longtemps. Elle saupoudre du sucre sur tout son tube, sauf sur le cabochon. Pas sur le dôme si excitant à humer, non. Elle a un autre ingrédient en tête. Du jus de citron, oui exactement. Et elle lui en verse sur le gland, ce qui provoque comme une légère brûlure agréable qu'elle apaise d'un filet de salive.

Elle aime le goût du citron, acidulé et dérangeant, fort en bouche et piquant pour le palais. Sans attendre, elle commence à le grignoter et à le mastiquer. Ah les dents n'ont rien d'un casse-noix ! Puis elle l'aspire, gourmande, le fait piaffer, se soulever, se retrousser et suinter. C'est velouté sur sa langue. Tente-t-il d'aller plus profond qu'elle le retient. Le sucre doit rester en place pour plus tard.

« Ne la pompe plus, ma queue va craquer, lâche-t-il d'une voix enrouée. Fais-moi encore des choses... Mes couilles, prends mes couilles ! »

Rien qu'un peu. Elle s'empare d'une crème costarde encore dans la casserole et lui en enduit les couilles, rien qu'un peu mais partout. Elle va jusque sous les couilles. Il n'a jamais aussi bien senti le goût de son désir. Elle y superpose ensuite une fine couche de chocolat. Ça tient comme ça peut, et ça coule beaucoup parce qu'il n'arrête pas de bouger et que la zone est moite. Ça y est ! Elle exulte devant le résultat, elle en a des picotements dans l'entrejambe. Elle a sous les yeux deux adorables profiteroles et c'est écrit dessus «à consommer tout de suite». Vite, y goûter, succomber, laisser fondre dans la bouche. C'est exquis de les gober, de déplacer la peau qui couvre les deux amourettes. Combien de sensations à la seconde? Elle mange les deux goussets à la fois, avec appétit, les recrache avec des filets de salive sucrée, les reprend un à la fois, les emporte dans ses joues. Il se sent comme un dessert vivant. Et ça continue, elle n'abdique pas, elle lèche tout, se régale, s'en comble, et de temps en temps, rompue à sa nouvelle joie de dégustatrice, elle pousse sa langue plus loin entre les fesses, juste au bord du trou.

Pour l'amour, c'est bon à crever.

C'est ça, manger quelqu'un!

Gavée, la bouche et les joues barbouillées, elle n'arrive plus à se tenir tranquille devant lui. Elle se suspend à son cou, à son cul, s'étire et s'accroupit avec une belle conviction, les nerfs tendus à leur limite. Elle l'a mangé, maintenant elle veut le boire. Elle n'a pas assez de bouches, de langues et de lèvres pour le pomper, le décalotter, fouiller le méat. Ça ne fait qu'empirer. Plus il se retient, plus elle sent sa chatte comme un abricot mûr qu'on presse.

« Tu ne m'as pas encore pénétrée et, déjà, je suis pleine, pleine de toi, de ta queue dévorée. Laisse-moi m'empiffrer encore, allez, enfonce-toi dans ma bouche à m'étouffer…

— Arrête, j'ai la trique chauffée à blanc, je vais jouir!

— Mais décharge ton cidre, qu'attends-tu…

— T'as mis de la nitro dans mes couilles ? Je vais exploser !

— Mais jouis, jouis, jouis donc, décharge ! Ce sera mon délice, ça m'enlèvera le goût sucré...»

Tout de suite, parce qu'elle n'est plus qu'une tige de chair brûlante, il la soulève de terre et la couche sur le comptoir. La vision est presque psychédélique. Elle est étendue là, au milieu des gâteaux en préparation et du foutu fourbi de la cuisine, elle a les jambes écartées, ses orteils agrippent le bord du comptoir, elle gémit comme une condamnée sur l'échafaud, son sexe est largement écarquillé, ses lèvres sont gonflées et ne gainent plus son clito aussi carminé qu'une canneberge, elle est proche d'halluciner. Va-t-il la bouffer ? Elle aimerait. Sa fente béante ressemble maintenant à une longue amande reluisante. Il la déguste de longs instants, et il va la farcir, il va se goinfrer d'elle, faire ripaille dans son ventre chaud, peut-être aussi l'étonner de mots doux.

Il délègue d'abord un doigt pour ouvrir le chemin. Des gouttes de cyprine sont sécrétées sur le comptoir. Puis il lui pétrit les seins, argile sublime qui roule sous ses mains. Il revient à sa croupe, cramponne les hanches, l'attire plus près de lui. Elle se tortille. C'est impossible d'attendre davantage. L'heureux clébard pousse son pieu en elle et la trime et la façonne avec vigueur.

Bien sûr, le sucre sur sa queue emmiellée. Elle l'avait oublié. L'exacte sensation est celle d'une matraque de papier-émeri qui la troue et l'écorche. Mais elle y pense de moins en moins, parce que le sucre se dissout de plus en plus, et bientôt toutes les digues tombent, et son sucre à elle vient alors se mélanger à son foutre à lui, à son liquide si semblable à des blancs d'œufs.

Elle lui avait promis un dessert hors de l'ordinaire. Mais jamais elle n'aurait pensé, de son con, lui servir une aussi douce meringue.

Sensations sous-marines

— C'EST BÊTE DE PENSER qu'il n'y a jamais d'huile rance dans les histoires d'amour. Parfois, ça tourne mal. Parce que ça existe, parfois, des ordures.

« Pardon ? » ai-je dit doucement.

J'ai dû la faire répéter. Au cas où j'aurais mal compris.

Normalement, si j'avais été caissière dans une épicerie ou mère nourricière de souris dans un labo, je l'aurais croisée dans la rue et je n'aurais jamais rien su. Mais je suis psychologue et elle est là, couchée sur mon divan de consultation. On la croirait presque étendue sur son lit de mort, euthanasiée de douleur. Mais elle respire et elle parle. Hagarde, elle essaie de rassembler ses esprits. Ses aisselles sont moites. Ça se comprend : elle souffre, elle transpire de partout, comme si on lui avait administré 150 litres de poison à rats.

Je ne dis rien. Moi, je suis payée pour écouter. Mais ce ne sont pas d'anodines prières que j'entends : c'est une sorte de descente aux enfers. Courte, mais aussi brutale qu'une chute de dix étages, si on exclut le rez-de-chaussée. C'est ce qu'elle dit. Moi, je suis payée pour écouter.

Au début, quand elle a rencontré le gars, elle n'a diagnostiqué aucun truc bizarre chez lui, décelé aucun symptôme pathologique, aucun plomb sauté. Elle est urgentologue dans un grand hôpital, elle l'aurait vu. Donc, les premières fois, elle s'est laissée prendre au jeu, s'est doucement débarrassée de sa gêne, ne s'est pas enfuie devant les belles paroles entendues. Toutes des culs-de-sac, elle le sait aujourd'hui. Mais à l'époque, c'était du sucre d'orge, c'était bon. Il avait des sourires qui la rendaient molle, il était déconcertant sur plusieurs plans, parlait bien, était lumineux, trouvait toujours prétexte à rire, connaissait les capitales de tous les pays, citait Montaigne, était à l'aise dans les moments de silence. Il n'y a pas à dire, il savait installer des climats spéciaux comme rarement elle en avait connus. Un gars terrible, ça ressemble à ça.

Autant dire que tout ça, c'était de la bouillie.

Un jour, il lui a dit qu'il croyait l'aimer. Elle n'a pas démenti ses propres sentiments. Évidemment qu'il lui a vite proposé une espèce de nuit de noces. Ça faisait longtemps qu'il en avait envie mais attendait qu'elle soit prête ; il ne voulait rien brusquer.

Alors, ils ont pris la route pour le week-end. Une échappée, comme il disait.

« Et qu'est-il arrivé ? » lui ai-je demandé avec une voix que je souhaitais posée, mais un peu trop pointue à mon goût, à cause de la curiosité probablement. J'avais hâte de savoir où tout avait foiré.

« Il m'a conduite jusqu'à sa maison de campagne, un endroit magnifique où on se pince tellement c'est beau.

— Ça allait bien jusque-là ?

— Oui, me répondit-elle sur un ton mécanique.
On a fait à manger en s'effleurant comme deux
anguilles... On a soupé devant le foyer... Des pâtes
primavera, du pain qu'on a brisé avec nos mains...
Une jolie nappe sous laquelle nos jambes se sont
câlinées... Des chandelles comme dans les films qui
projetaient nos visages rapprochés en ombres chi-
noises sur le mur... Rien pour me faire regretter de
l'avoir suivi...

— Vous étiez bien ?

— Très...»

Et elle se mit à pleurer. Elle aurait tout donné
pour croire encore un peu à son titre de Sissi, reine
de Bavière.

***

Tout était magnifique. La table pas même des-
servie, il a commencé à la caresser et à la faire fondre
comme un flocon de neige. Ses mains abandon-
naient rapidement toute timidité sur elle, allaient à
sa rencontre, la faisaient ondoyer dans un parcours
chaotique. Il lui disait qu'il était un long cargo sans
équipage et qu'il irait échouer son chargement de
charbon et d'acier dans son écume, comme un
marin ivre, parce qu'elle était un dense banc de
brume, et qu'il cognerait fort sur ses récifs, à bâbord
comme à tribord. Il parlait de mât fièrement dressé,
de son gros serpent de mer, de faire tourner les
cadrans dans tous les sens.

Il utilisait tout plein d'images en la touchant.
Elle était son huître baveuse à sucer, son colimaçon
dur comme un téton, sa moule en forme de baiser
rond. C'était aussi excitant que des codes secrets.

Elle avait un prénom cochon aussi qu'il disait. «Astrid que j'astique, qu'il murmurait, tu sens que je bande? Et ce n'est pas à moitié, touche.» Et elle touchait son petit commerce de plaisir brut. «Astrid, tu me laisses inventorier ton ventre? Ah c'est un grand deux-pièces chauffé.» Et elle faisait des ciseaux avec ses jambes pour créer un vestibule accueillant. «Astrid, tu mouilles combien de tasses, tu crois? Je parie que tu es le genre femme-fontaine, je me trompe?» Et elle lui révélait qu'elle pissait effectivement beaucoup de jus en jouissant.

Et ça continuait. Chaque question était posée selon des promontoires différents. Elle ne tenait plus en place, elle respirait tellement fort qu'elle en avait les sinus dérangés, mais tout de même pas assez pour ne plus sentir sa longue truffe nerveuse, son sexe d'homme tout-puissant, sa liqueur vaguement frelatée puisque mélangée avec sa sève à elle.

Puis, il l'a conduite vers la baignoire et il y a fait couler de l'eau chaude alors qu'elle était au milieu, pieds nus. «Oh, mais laisse-moi le temps d'enlever ma jupe!» qu'elle s'écria en ajoutant qu'il aurait tout intérêt à retirer son pantalon. Mais il n'y avait pas de temps à perdre. Tout ruisselait: le rire, la félicité, la poursuite des mots, les tendres emportements. Il ne lui permit pas de se déshabiller.

D'une main leste, il releva, écarta et échancra les tissus qui gênaient ses gestes, comme si ses vêtements étaient des rideaux et qu'il les repoussait. Et il fit promener une éponge sur elle, une éponge qui savait dessiner des désirs en pointillé, qui connaissait les trajets navigables, une éponge capable d'errances, de plaisirs par contagion. Il s'arrangea pour

que l'eau devienne une lave brûlante. Il fit des
rigoles sur ses seins et s'empressa d'essorer avec sa
bouche les larges aréoles brunes, éclaboussa la base
de son cou, chatouilla son ventre, alla se perdre sur
ses hanches affirmées, entre ses fesses, entre ses
cuisses, entre les lèvres de sa chatte. L'éponge était
une langue extravagante qui s'amusait à inquiéter,
léchait tout, se voulait merveilleusement indiscrète,
bambocheuse, avait des envies contradictoires de
tout mouiller et d'être mouillée.

« Ce sont des caresses maritimes… » réussit-elle à
commenter, buvant sa pinte de suaves sensations.
Pour toute réponse, il alla faire du repérage dans
son fourré et s'y fit exclamatif.

« Si tu voyais ce que je vois ! qu'il lui dit comme
s'il venait de découvrir le pont principal du Titanic.
C'est quasiment vingt mille lieues sous les mers en
toi, tellement profond ! Oui je suis Cousteau, je vais
plonger !

— Mais descends, je m'ouvre… !

— Sans scaphandre ?

— Agace mon corps !

— Tout doucement…

— Tes mains…

— Qu'ont-elles ? Je te chauffe bien ?

— Je suis sur la braise !

— C'est bon de t'explorer… Un sexe comme le
tien, c'est…

— Une pieuvre ? Je sais que si ! le coupa-t-elle.

— Non, un buisson d'anémones de mer !

— À cause de ma rosée ? Oui, je suis toute trem-
pée.

— Tu sais ce qu'elle fait, l'anémone de mer ?

— Elle fait la belle ! Embrasse-moi !

— C'est tout près de 65 tentacules qu'elle a, et elle se referme sur tout ce qu'elle attrape !

— Envahis-moi alors avec tes doigts…

— Courir ce risque ?

— Creuse-moi, Cousteau !

— Attends que j'aligne bien l'angle de ta petite grotte sous-marine. Là, sens-tu ? Làààà, ce sont mes deux doigts les plus habiles…

— Oui, je sens l'arrondi des petites gueules, c'est un requin blanc que tu m'envoies, robuste, impatient, barbare ! Il veut me dévorer à grandes bouchées. Il sait que c'est bien vivant en dedans, l'intelligent, il veut m'envahir et creuser un trou sans fond, tout prendre, tout mâcher le premier. C'est qu'il est fier de semer la terreur et d'épouvanter ce qu'il touche. J'ai du mal à suivre, ses deux rangées de dents me labourent presque la vessie. Combien de temps encore va-t-il me torpiller ? Il est endurant et nage avec entêtement, il me parcourt à faible vitesse. J'ai envie d'être sa proie encore longtemps, pour voir s'il va s'épuiser… Qu'il continue !

— Et celui-là, il te fait de l'effet ?

— Ah l'autre grosse bête…»

Il venait de laisser son sexe s'affranchir d'une captivité devenue intenable. C'était un convaincant objet de propagande, une tour épaisse et forte au bout incandescent, haute de plusieurs coudées, qui avait pour seule gaucherie cette hâte urgente de s'écouler. En fait non, c'était une bête, donc un orque, menaçant avec la force démesurée de son zob, capable de ressusciter des vagues mourantes en un large raz-de-marée. Elle savait qu'il n'y aurait rien de simulé dans leur rencontre, qu'il s'enchâsserait dans son petit cul avec de larges mouvements, rien de banal, pas de halte, pas d'étape pour reprendre son souffle. Le plaisir ne serait pas fractionné. Elle devrait se cramponner, se dresser quand il l'enfilerait. Mais elle était prête, elle avait hâte à l'assaut.

Sans polir ses gestes, il la retourna pour qu'elle s'agrippe aux robinets et lui écarta les jambes. Elle se trouva ainsi à la proue de la baignoire, ne voyant rien devant sinon la céramique du mur. Et il donna le premier coup, une charge de pirate un peu rustre. Elle eut l'impression que c'était un vaisseau qui heurtait du bois dur. C'était sublime comme sonorité de choc, comme début de naufrage. Puis, il l'agenouilla dans l'eau et alla s'immerger en elle, dans son con. Tout était comme en état d'apesanteur... Les sexes se frottaient à l'eau, subissaient les effets de succion. Pendant que lui la pilonnait et répétait les plongées jusqu'au fond de sa source, elle, comme une machine à laver qui se fait brasser, tanguait, encaissait, ramait à perdre haleine, suivait la houle avec la même docilité qu'un bouchon de liège sans attaches. À chaque pénétration, tout recommençait : la rapide traversée du pommeau, le cognement des couilles, son bassin à elle qui s'écrasait vers l'avant, ses seins qui servaient de points d'ancrage, leurs gémissements unis par les mêmes cordages. Elle se laissait sombrer avec délectation, pliait sous le plaisir, se redressait, le provoquait, en payait le prix en suivant ses gestes avec des yeux blancs. «Allez, vide-toi, vide-toi en moi» qu'elle suggérait.

À ce moment, elle était bien davantage qu'un corps baisé, elle était la mer Égée, à peine saline, presque une eau douce de fleuve, légère, profonde, pleine d'une existence inconnue. Pendant qu'il la fouillait de sa quille, en elle s'infiltraient des courants ascendants et descendants de liquide, son foutre à lui et son jus de lessive à elle, le flux et le reflux, lui à elle, elle à lui, l'ampleur de leur connivence et de leurs spasmes. «Mais vide-toi, vide-toi donc», répétait-elle en une ultime injonction. Après avoir dévoré son cou et ses épaules, il lâcha enfin son cran de garde et se répandit comme elle l'avait exigé, mélangeant eaux cristallines et eaux troubles.

Pendant qu'elle se désengourdissait, elle se dit que ce qui venait de se passer dans cette baignoire n'était pas moyen. Tout le reste, à côté, ressemblait à des orgasmes dans des lavabos.

$$* * *$$

Moi, je suis payée pour écouter.

Elle est toujours étendue sur mon divan de consultation. Elle respire un peu mieux parce qu'elle a parlé. Ça lui a fait du bien d'évacuer un peu d'eau de son bain, mais elle respire comme si elle portait encore un corsage de plâtre. Je l'interroge du regard. J'essaie de comprendre.

«Mais qu'est-ce qu'il a bien pu vous faire? Enfin, pour vous mettre dans un état pareil...

— Le pire, répond-elle en fixant le bout de ses chaussures comme si elles étaient le motif véritable de ses tourments. J'avais enfin trouvé le bon...

— Mais quoi de si terrible?»

Maintenant, elle frotte sa jupe sans arrêt, comme si elle voulait y effacer une tache indélébile. Elle fait ensuite suivre ce geste d'un soupir, puis d'un rire navré.

« Parce qu'après avoir fait l'amour, il a vite dû se donner sa dose de morphine. Il souffre d'une maladie incurable. Je suis condamnée à le perdre. À l'aimer et à le perdre. Est-ce un crime d'être attachée si confusément à un homme qui savait qu'il allait me faire autant souffrir? »

Marie-Lili

J'AURAIS AIMÉ DIRE que les essuie-glaces ont lâché ou que j'ai échappé du café sur ma veste tunique. Une vétille sans conséquence. Mais c'est plus grave. Ma meilleure amie est morte. Rupture d'anévrisme au cerveau. Je viens de l'apprendre. Sa si belle tête. Je ne l'entendrai plus me répéter, le menton haut levé pour mieux en rire : « Je serai fatiguée quand j'aurai fini. » Fini quoi ? Pour elle, chaque jour était un acte neuf. Elle n'arrêtait jamais, aidait tous ceux qui n'espéraient plus, changeait l'immuable. C'est écœurant ce qu'elle vient de me faire. Elle vient de mourir, la chipie. C'était quoi l'urgence ?

J'ai une telle sensation glaciale dans le corps qu'on dirait que je n'arrive pas à avoir de réaction. Je suis terrifiée. Que vais-je faire sans Marie-Lili, ma presque moi ?

Avec elle, c'était dément. On ne vivait pas une amitié qui s'épargnait ou qui ressemblait à un liquide trop clair. C'était plutôt un attachement de nécessité, cette sorte de connivence qui permet à l'une de se remplir de l'autre. Cette amitié avait une importance pharaonique dans ma vie. Combien de fois l'as-tu sous-entendu en feignant d'en être jaloux ?

Aujourd'hui, elle est morte. Et quand j'arrive dans la chambre à coucher pour te l'annoncer, j'ai une douleur tellement compacte au visage et les traits ravinés par tant de larmes impuissantes que ça devient inutile de parler. Tu comprends à demi-mot. Le silence est très sonore pour indiquer la mort.

Dehors, c'est une nuit sans lune.

Dans la plus simple cérémonie, tu me prends dans tes bras et tu me berces, et tu me chuchotes des mots de réconfort, et tu embrasses mes paupières inondées. Et pendant tout ce temps où j'ai l'impression que je ne pourrai plus jamais respirer comme avant, claustrée en moi-même, je n'arrête pas de penser à son épitaphe. C'est une plaisanterie qu'on faisait constamment. On se disait : « Si jamais je meurs, tu fais inscrire quoi pour dire qui j'étais ? » On riait de nos trouvailles littéraires, nommément de celle-ci : « Elle était non-fumeuse. Toutefois, une pipe de trop l'a tuée.

— Non, non, non, si jamais je fiche le camp, finissait-elle toujours par conclure avec un rire sans appel, fais graver sur ma pierre tombale : ELLE BAISAIT COMME ELLE RESPIRAIT. Les gens sauront que je ne me suis pas ennuyée de mon vivant ! »

C'était elle, ça, dans toute son exubérance et sa folie joyeuse. Sacrée Marie-Lili, absolument incapable d'avoir le sexe triste.

Je suis frigorifiée de partout. Je me sens un peu coupable d'être celle qui, des deux, est la survivante. Ils ont raison, les gens, de dire que la vie est comme une longue respiration. Pendant longtemps, les poumons s'emplissent et se gonflent. Puis, l'air s'échappe et c'est le vide qui revient. Comme maintenant.

Je suis pétrifiée. Et tu le sens. Il est petit et froid mon pays de douleur.

Je ne fais que te regarder. Je ne bouge pas, si fragile tout à coup, à bout de mots, des larmes creusant des sillons de désarroi sur mes joues. Tu m'entraînes alors par la main et tu m'étends sur le lit avec la douceur d'un soupir. Tu comprends ce qu'il faut faire : l'amour. Me le faire, me le dire, m'en convaincre. C'est vivant et miraculeux, l'amour. C'est tout rond et doux. En tout cas, c'est une étape vers autre chose.

Tu commences à me dévêtir doucement. Comme si c'était là la seule chose envisageable. Et tu me glisses sous les couvertures, en m'y rejoignant, nu toi aussi, nos peaux ne formant qu'un seul et même tissu. Je sens bien ta chaleur, qui cherche à rassurer la mienne, ténue. Et tes muscles, je n'avais jamais réalisé à quel point ils ont la force de m'apaiser. Peux-tu venir me rescaper dans ma brèche ?

C'est incroyable comme tu me caresses bien. Mais n'est-ce pas impudique en pareil moment ? Non, je ne vais pas céder, je ne veux pas fuir ainsi. Mais si tu t'interromps, ça ne va qu'aggraver les choses. Alors va, festoie mon corps fastueusement, lui le seul fanion de consolation possible. Toi qui t'es creusé une place dans ma vie, toi que j'aime en mon cœur et en mon âme, fais-moi l'amour comme si c'était la première ou la dernière fois, mais fais-le-moi, ébahis-moi de tendresse, envoie-moi de la dynamite avec tes dons de baiseur.

Tes mains vont partout sur moi, comme des aéroglisseurs, une ici, une là, comme pour engourdir la douleur. Elles glissent de mes épaules à mes fesses, puis de mes fesses à mon ventre, reconnaissant des chemins déjà conquis. Tu vagabondes sur moi, du devant au derrière. Tes mains sont comme du courant électrique. Elles me survoltent zone par zone, me galvanisent, me tâtent et font l'inventaire de chaque nouveau frisson. Je veux tellement me soumettre à elles, les laisser tout décider, m'abandonner à leur poigne chaude et douce. Je t'aime tant à cet instant que je voudrais crier.

Tu ne te gênes pas, tu prends possession de mon corps et le couvres de petits bruits de baisers. Vas-y, je t'en prie, exerce ton emprise sur moi, console-moi. Je veux te sentir accroché à moi, sentir tes paumes pleines qui me brûlent la peau, qui me trouvent entre mes jambes écartées et presque disloquées à force d'être haut levées. Tu es un génie. Ton corps se tord bien contre le mien ; on dirait un timbre qui se mouille contre une enveloppe.

D'instinct, tu devines par où me faire damner. Tu nous recouvres entièrement avec le drap. Peut-on mieux se souder que dans le noir ? Ah, c'est ça, dans le noir, les plaisirs viennent un à la fois, enfilés les uns après les autres, comme des décharges d'éclairs. C'est cruellement sublime de tout sentir. Voilà que je suis prisonnière de tes manœuvres. Et voilà que tu me plaques un oreiller en travers du visage pour que mon monde de sensations soit encore plus restreint. C'est démoniaque. Tout ce que j'entends, c'est ma respiration assourdie de fond de tiroir. Tout ce que je sais, c'est que tu obliges maintenant mes doigts à agripper les barreaux de laiton à la tête du lit. Complètement à ta merci. Et toi, pendant ce temps, faiseur d'atroces supplices, tu t'appliques à profiter de ta bouche comme d'un terrible métier.

Ta bouche se pose d'abord à la base de mon cou, là où se niche un petit creux. Tu le remplis rapidement avec des coulées de salive qui deviennent un minuscule bénitier où tremper ta tige. «Là, c'est un endroit divin pour durcir», me dis-tu. Quand vas-tu me laisser voir? Puis tu descends avec une langueur maîtrisée jusqu'à mes seins que tu lèches et dont tu te gaves comme si j'étais ta nourrice de luxe. Suce, suce, j'adore me laisser avaler par cette partie de ma féminité. Ta bouche est une ventouse. Tu la promènes d'une rondeur à l'autre et tu traces des lignes invisibles avec la pointe de ta langue.

Ta salive est chaude sur mes aréoles. J'essaie de me cabrer. Tu m'en empêches de tout ton poids. Mate-moi, ça me va, retiens-moi, fais tout ce qui te convient, mais suce encore mes seins, c'est jamais trop. Malaxe-les intensément et infiniment, à me donner une sensation de chute. Lequel est le plus lourd? le plus sucré? Lequel a le téton le plus boursouflé? Oui, j'approuve quand tu dis que mes seins menus sont insolemment mal élevés. Ils me font râler comme une bougresse. Le vacarme qu'ils me font faire. Plus tu les effleures, plus je te dis que j'ai soif, j'ai soif, j'ai soif, c'est sans fin… C'est bizarre mais absolument véridique. Plus tu me tètes, plus j'ai envie de te boire au goulot en me surpassant.

Mais comment te pomper avec un oreiller sur la tête? C'est désolant. Repousse-le! J'exige de te voir bandé comme du granit, de toucher le double noyau de tes couilles. Laisse-moi les voir s'alourdir au fur et à mesure qu'elles s'emplissent de désir. Je veux voir ton gland gonflé et congestionné et en aspirer le jus brûlant comme on le fait avec une paille. Combien de jets déjà? C'est toujours grandiose de te voir juter et m'asperger comme s'il y avait un incendie à éteindre.

Tu me laisses voir? Tu sembles ne pas entendre ma requête étouffée. C'est très impoli. Mais ce qui suit est délicieux et rachète tout. Pendant qu'une ondée humide se déploie sous mon étroite fourrure, tu rapproches mes seins comme pour les souder et tu insères ton passe-partout dressé dans la raie. Et tu coulisses, et tu bouges la tête affolée de ta bite dans ce tunnel de chair que tu gardes le plus étroit possible. Tu te donnes du mal pour te retenir. Pourquoi est-ce toi qui fais le chien fou et moi qui gémis comme une bouilloire qui surchauffe? C'est sûrement à cause de l'oxygène qui se raréfie sous l'oreiller. Et tes couilles qui me tambourinent, vraiment exquis. Va encore plus vite, ce plaisir-là me fait délirer. Je vais bientôt m'expédier ailleurs. Tu le sens? Tu le sens?

Ça peut tuer, l'attente du plaisir. Alors, glisse tes doigts là où ça bat à tout rompre entre mes cuisses, fiévreusement, et pousse-les jusqu'au bout de la rangée. Ne t'éternise pas. Il ne faut pas me dire combien de fois tu vas m'astiquer le passage. Fais-le, baratte-moi. Il y a tempête en moi. Élargis-moi comme si j'étais une crevasse qui veut couler. Pense à ce qui va en sortir, à toi qui va entrer, à moi qui vais m'ouvrir, au bout de ta queue qui va fouiller, forer comme dans du beurre, ressortir pour chercher son air et replonger avec urgence afin de m'engluer tout au fond.

Tu me pénètres d'abord doucement, comme si tu entrais dans un labyrinthe. C'est bien, tu trouves ton chemin en t'appuyant sur les parois. Mais... tu

le fais exprès ? Tu prends ton temps, bel ange
sadique. Tu m'empales en retenant tes élans. Ce
n'est pourtant pas la place qui manque. Prends tes
aises sur le large mais surtout sur le long. « Laisse-
toi faire, laisse-moi aller jusqu'à toi, bien loin,
relâche tout », m'intimes-tu.

Et du moment où je t'obéis, tu commences à
pousser fort, à me balancer des à-coups de grande
fouterie, à t'étonner de te sentir toujours plus gros
et moi toujours plus profonde. C'est plein de termi-
naisons nerveuses, là-dedans. Ça menace d'éclater.
Je peux ? Je peux jouir ?

Tu continues à m'estocader comme un bélier,
à me vriller tendrement, à jouer du glaive et
à m'extorquer des aveux de reddition. Oui, je vais
me rendre ; tes armes dressées vont finir par
m'achever.

À chaque mouvement d'entrée et de sortie
s'écoule un minuscule tiers de seconde sans prix où
je sens que je te suis précieuse, où il n'y a plus
aucune distance entre nous. Continue à haleter. Ça
me rappelle que tu respires pour moi et que c'est
certainement un peu ça, aimer ; c'est pousser de l'air
dans la direction de l'autre.

Mon plaisir me transperce tout le corps comme
une flèche. Ça me déchire en dedans. Je gueule
sous tes coups de lime avec une voix tordue et
méconnaissable. Tes hanches et ton bassin me malmènent. Et parce que tu ne veux pas me rater,
surtout pas aujourd'hui, tu en remets, tu varies les
angles, tu ne tires pas ton coup tout de suite, tu
attends ma lente agonie, guidé par mes ondulations
en forme de huit, par mes oscillations qui me rendent plus légère. Tu avances encore en moi comme

pour me projeter au-dessus de tout. Vas-y, soulève l'oreiller, tu verras comme mon visage est un masque crispé. Je suis prête pour le prochain assaut, passe à la cinquième vitesse. Pousse, secoue ma vie, fais-la vibrer, ne t'arrête pas, je vais me rendre, vide ton ampoule en moi !

Pendant que je me contorsionne de plaisir et que nos corps n'en finissent plus de mêler leurs sueurs, tu écrases tes lèvres sur les miennes. Et tu en profites pour me dire la seule chose qui importe, toujours avec cette douceur qui te rend extraordinaire.

« Tu sais quel autre nom on donne à la jouissance ? » me chuchotes-tu avec une tendresse plus réconfortante qu'une épaule tendue.

Je ne le sais pas. J'ai juste cette image toute simple en tête, celle d'un parachute qui s'ouvre là, tout en haut, où l'air n'est encore ni chaud ni froid.

« C'est la petite mort... On appelle la jouissance la petite mort. Sans le savoir, on vient de rendre l'hommage le plus senti qu'aurait pu souhaiter Marie-Lili. »

La chambre vide

L E NOUVEL APPARTEMENT était tellement vide que lorsque Edward lui parla, elle eut l'impression d'être dans une cathédrale. Il y avait quelque chose de sacré dans ces lieux, une résonance, une qualité de silence rare, une âme peut-être, oui une âme, honnête comme un grand cercle concentrique qui peut se laisser remplir ou qui peut tout engloutir. Emma comprit qu'ici, il n'y aurait aucun mensonge possible, aucune duperie ; tout serait dit et vierge de tout faux-semblant. Les pensées de l'un ne pourraient faire chambre à part avec les idées de l'autre, malgré ce qu'on empilerait ici, décorerait, meublerait. La vie à deux reprendrait sa place exacte ou se briserait.

Leur union en était là. Elle était au bord de la magnifique catastrophe de l'assoupissement lorsque, tout à coup, cet appartement leur avait été offert. Ils avaient vite accepté, pour tout recommencer, remettre en marche, pour retirer cette charge de plomb dans l'aine de leur couple, ce poids devenu trop lourd avec les années pour raviver le feu et la lumière.

Dès leur emménagement, un mois plus tôt, elle avait consenti à peu près à tout. Quand il disait « vin

blanc ou rouge?», elle comprenait qu'il voulait dire :
«Alors, on le place où ce meuble? Si c'est vin blanc,
pile, c'est où je l'entends, si c'est vin rouge, face, c'est
toi, ma belle, qui choisis l'endroit.» Et leur appartement avait ainsi pris forme et s'était laissé meubler au
gré d'une nouvelle fantaisie par-ci, d'une humeur
redrapée par-là ou d'une prunelle ravie devant tel
nouveau rideau.

Mais pour la pièce du fond, la plus petite et celle
ayant ce si particulier plancher bourgogne, couleur
du privé et du mystérieux, Edward n'avait rien pu
décider. Elle l'en avait empêché.

— Cette pièce demeurera vide. Rien du tout!
On n'y mettra rien pour l'instant!

— Mais?...

— Je te l'ai déjà dit, ce vide va nous sauver. On
ne peut pas se cogner sur du vide. On ne peut pas
être à l'intérieur ou en dehors.

Il ne comprenait rien à son caprice, mais laissa
dire et laissa faire.

***

Un soir, il arriva à la maison vers vingt-trois heures
et la trouva dans une élégante robe de concert noire,
quelque chose à laisser muet, à détraquer les détec-
teurs de mensonge. D'un seul coup, il en eut les nerfs
électrisés. Qu'elle était belle, se dit-il, d'une magni-
ficence ne pouvant être décrite qu'avec des mots
brefs, femme fabuleuse, fines bretelles, cou dégagé,
aucun bijou pour alourdir sinon quelques grains de
beauté, seulement elle, avec ses épaules veloutées, ses
mains incompréhensiblement troublantes, ses yeux
attentifs qui éprouvaient, appelaient, proposaient.

«Viens, je t'attendais», lui souffla-t-elle avec une lumière inconnue dans le regard.

Et elle se plaça derrière lui, lui enserra la taille comme on le fait quand on enserre le tronc d'un chêne, et elle le conduisit dans la petite pièce. L'endroit était sombre, avec au moins cinquante bougies qui brûlaient doucement leur chair de cire. Tout de suite, il comprit : c'était une chambre initiatique. C'est ce qu'il pensa. Mais ce n'était pas ça.

«C'est ce soir, Edward!

— Mais quoi?

— As-tu déjà imaginé ce qu'était le vide?

— Bien, cette chambre...

— Oui, ça peut être le manque, l'absence, le noir, les riens. Mais ça peut aussi être tout l'espace qu'un amour infini peut combler.

— ...

— Ce soir, ici, précisa-t-elle, il n'y a rien d'autre que toi et moi. Rien pour nous distraire. Eh bien voilà, je veux qu'on se retrouve.»

Elle avait la masse des cheveux d'Edward dans son visage. Et son parfum de peau, qu'elle avait presque oublié tellement elle l'avait assimilé. Et son corps collé au sien. Elle s'étonna de voir qu'ils étaient encore capables de respirer ensemble, au même rythme, d'accorder le soulèvement de leur poitrine.

«L'amour est comme une étreinte, et tu le sais, quand il se relâche, il se transforme en simple attachement. Je ne veux pas que notre amour soit asservi à des gestes dont on s'accommode comme d'un placard.

— Mais qu'attends-tu? demanda-t-il avec douceur, en s'asseyant par terre et en l'attirant dans le triangle de ses jambes.

— Qu'on parle, qu'on donne un coup d'épingle à notre amour ! s'écria-t-elle vivement.»

Non, pas ça, sembla-t-il soudainement vouloir dire. Pas aller sous la surface des mots. Pas dire « je ceci », « je cela ». Il soupira comme pour manifester une sorte de réprobation, pour dire que toute cette pièce, tout ce vide l'angoissait, ne menait à rien. Il voulait le contact étroit avec Emma, le miracle de sa langue fouilleuse, s'engager et exulter en elle de tout son soûl, mais pas tomber dans un huis clos. Pourquoi les femmes compliquent-elles tout ?

« Je veux que tu retrouves goût à mes odeurs, à mon visage, que notre amour soit flanc à flanc, enroulé, que tu me regardes en étant affamé de ce que je suis, de ce que je t'apporte. Je veux être pourrie d'admiration pour ce que tu deviens. C'est ça, l'amour ! Ce n'est pas ton sexe qui se démène dans ma bouche, encore que ce soit très bon. C'est tellement plus ! »

Il la renversa au sol et la serra fort dans ses bras, comme si cela allait la faire arrêter de parler. Mais elle poursuivit.

« ... c'est commettre des méfaits de tendresse et se les reprocher aussitôt, c'est s'échapper de soi avec la conviction d'être rattrapé par l'autre, c'est être au cœur de son cœur et le surprendre chaque jour avec cette chose épouvantable qui s'appelle le désir, oui le désir, puissant, vibrant, celui qui inonde de partout. Dis-moi que tu m'aimes ! »

Elle exprima cette dernière requête avec une force issue du ventre, impatiente, bouleversante.

« Tu sais bien que si.

— Non, je ne sais pas, Edward ! Est-ce que ça t'arrive de ne pas penser à moi durant toute une journée ?

— C'est sûr… Et c'est très normal !

— C'est vrai, mais quand on aime comme un fou, on fait ça, on oublie l'autre pendant un moment, mais ensuite on se dit : « tiens, c'est étrange, comment ai-je pu ? J'en étais capable ? » On ne part pas travailler le matin en mettant son amour pour l'autre sur un cintre.

— …

— Tiens, on parlait de l'Irak hier. C'est débile l'Irak, c'est un pays qui survit avec la tête dans un sac de plastique. Mais quand je te regarde, moi, y en a plus d'Irak, plus de pays aux ressorts brisés. Mon appareil de contrôle et d'intelligence devient engourdi pour quelques minutes, comme endormi. J'oublie l'actualité, je sais c'est affreux, mais je l'oublie pour penser à toi qui est un point focal dans ma vie, ce qui fait que je ne pourrai jamais te perdre de vue. »

Elle n'arrêtait pas de hocher la tête en parlant et de pousser sa voix le plus loin possible comme si elle avait toute une nation à convaincre, c'en était hypnotisant.

« Bon sang, où veux-tu en venir ? essaya-t-il de comprendre. Je t'aime quand je te vois, mais je ne divague pas toute la journée en pensant à toi. Je ne crois pas à la dépendance, ni au putain d'amour qui fait disjoncter. C'est grave ?

— Non, mais tu viens justement de toucher l'important…

— Alors quoi ?

— C'est une question de perceptions. Quand on est chacun de son côté, c'est forcément impossible de penser toujours à l'autre, on a chacun nos trucs et nos barques. Mais quand on est ensemble, je ne veux pas être qu'un visage pour toi, mais être ce *visage-là*, cette *femme-là*, cet *amour-là*, toutes choses exclusives et uniques...

— Mais qu'est-ce que tu me demandes, enfin ? »

Elle souhaitait une déclaration d'amour, c'était idiot mais c'était ça, elle en avait besoin, c'était vital, elle ne voulait plus avoir l'impression d'être à l'écart de lui, loin de son centre de gravité, elle voulait encore le bistouri, l'incision admirable qui perce le cœur et qui fait pomper les vaisseaux, comme dans les grandes amours, comme dans les sentiments intenses qui peuvent aller jusqu'à paralyser. Elle souhaitait ardemment qu'il parle, pour ne pas qu'elle puisse guérir de lui, pour ne pas qu'elle s'échappe, se rature du couple, que ça s'écaille encore. Les erreurs ça existe, les regrets aussi. Oui, il devait parler avant qu'il ne soit trop tard.

Elle ne vit rien venir. Tellement pas ça.

Il ne parla pas. Pas tout de suite. Il courut hors de la pièce et revint avec une photo d'elle découpée en trois.

Sur le morceau qu'il garda d'abord, on voyait les épaules d'Emma, sa poitrine, une partie de son ventre. C'est là qu'il alla fouiller, dans cette zone de sortilèges qui l'avait toujours bouleversé. Il commença à lui masser les épaules comme si elles étaient deux magnifiques pièces de joaillerie, il massa longtemps, sans errance, juste les épaules, pour faire tomber ses paravents de résistance, pour l'ouvrir à lui, pour la mettre à la température de ses mains. Il lissa sa peau sans technique précise, mais avec une douceur de harpe, avec des doigts d'amant. Tout ce qu'il savait, c'est qu'il massait et qu'elle perdait lentement ses repères, elle devenait son cygne blanc, un souffle de grâce, plus léger qu'une plume sur l'eau, elle commençait à flotter, à s'étirer, il n'avait qu'à suivre le relâchement de son corps, ça paraissait qu'elle se transformait en onde mouvante, que son cœur cognait des coups de marteau.

Il n'irait pas trop vite.

Trop vite, c'est de la ciguë.

Il voulait le miel.

Il descendit à ses seins et se dit, en faisant peser le poids d'un doigt sur eux, qu'ils ressemblaient à deux petites cloches à gâteaux. Il voulait soulever ces cloches de verre pour toucher son plaisir de femme, l'exacerber. Quels beaux seins elle avait! Pas parfaits du tout, mais délirants puisqu'ils étaient les siens. Alors il s'approcha d'eux comme pour s'y refléter, juste respirer sur eux, les embuer comme un miroir. Il n'avait jamais pensé à faire ça avant. C'était intime. Elle réagit en donnant du gonflant à ses mamelles. C'est bizarre ce mot, mamelles, mais aucun autre mot ne décrit mieux cette envie qu'il avait de la boire à cet instant-là et de s'en repaître. Et plus il suçait les bourgeons durs, plus il lui faisait comprendre qu'il tenait à elle, qu'il ne souhaitait que la célébrer. Il ne se jouait pas d'elle, il l'aimait, et foutrement beaucoup même.

Ce n'était peut-être pas clair. Entre deux gémissements, elle trouva assez d'air pour dire : « Même si tu me tètes à pleine bouche, ça ne dit rien de nouveau. Je t'en prie, parle-moi...» Mais merde, c'est qu'il disait gros, lui, en faisant ça, il gueulait : « Ne vois-tu pas combien je tiens à toi ? Combien c'est ton cœur que j'essaie de rejoindre ? Il est là-dessous, non ? »

— Edward ?

Elle en remettait.

« Oui ?...

— C'est quoi pour toi me faire jouir dans la vie ? »

Re-merde. Comme il préférait les sous-titres plutôt que les grands dialogues, il ne répondit rien. Ce n'était vraiment pas le moment, et c'était plus prudent. Donc il continua de se démener sur ses seins avec ses deux mains, la première exerçant un chantage excitant sur la deuxième. Il poursuivit cette scène de pelote jusqu'à ce qu'elle en pâlisse et qu'il en ait les papilles irritées, et quand il entendit une sorte de feulement, il comprit qu'elle disait « Arrête ! » et que ça signifiait « Mais continue ! »

Il passa ensuite à la partie inférieure de la photo.

Il ne chercha pas à voir sa chatte comme un sexe. Elle voulait autre chose. Alors il considéra sa chatte comme une bouche. Il ouvrit l'ourlet des lèvres et se mit à embrasser toute cette chaleur qu'elles contenaient. C'était une manufacture de chaleur, quelque chose d'unique puisque réductible à rien de connu. Il voulait s'y fondre et s'y mettre au monde, il suçait bien pointu puis alternait avec le plat de la langue, il variait avec prodige, la ravageait de plaisir, et cette luette qu'il trouva tout en avant, il la dégusta consciencieusement pour que toutes les sensations deviennent hors du temps. C'était un baiser gargantuesque, une grande faim d'elle, une voracité sans ordonnance. Il poussait sa langue autant qu'il le pouvait dans son ornière ; sa langue était curieuse et savait semer l'émoi dans les muqueuses.

Son objectif était clair : il voulait voir monter les flots entre les commissures, la voir mouiller comme un déluge, saliver interminablement, et Emma

commença à incruster ses ongles dans le plancher.
Elle n'était plus qu'une longue fente sensible, et elle
se mit à tirer les sonnettes d'alarme et à pousser des
injonctions : «Branle-toi, pas ça toute seule, fais-le,
allume ton briquet pendant que tu me mets le feu
au cul, fais-le, t'en crèves d'envie, et quand tu vas
juter, ça me fera de la pommade pour me soulager.»
    Mais il ne le fit pas.
    En fait, il ne fit plus rien.
    Il s'étendit sur le dos à la manière d'une peau
d'ours, les mains sous la tête pour mieux la regarder, et il attendit, le pieu dressé en très haute alti-
tude, appliqué à contrôler la douleur de son gland
congestionné. On aurait dit qu'il lui tendait un
sceptre.
    «Toi, viens, lui dit-il sur un ton sans appel,
ouvre toi-même tes appartements privés. Remplis-
les autant que tu veux!»
    Alors, elle s'assit à califourchon sur lui et se mit
à faire la cavalière. Elle s'accrocha à son fouet, se
planta sur lui avec vigueur, le serra, le pompa en faisant grimper le plaisir tout doucement, de seconde
en seconde. Elle tenait sa monture avec des mouvements de grande coursière pressée et de folle
chevauchée, montait ce qu'il fallait, redescendait
avec application, touchait les couilles avec ses fesses.
Lui la regardait se chauffer, se cabrer, farouche,
indomptable, passer du petit trot au galop. C'était
l'épouvante, c'était l'extase. Plus rien ne pouvait
l'assagir ou la rattraper : elle courait à la hussarde,
habile amazone, hennissait d'une euphorie véhé-
mente, et ses formes dansaient sur lui, ça le rendait
fou. «Personne ne pourra jamais te mater, toi!»

qu'il lui répétait avec le visage déformé. Et elle, percée bien creux entre ses cuisses, gardait les poings serrés, comme quelqu'un qui veut triompher, et elle maintenait sa bouche ouverte, prête à hurler silencieusement pour ne pas effrayer la magnifique bête tapie en elle.

Quand les grands spasmes se furent calmés, Edward s'étira et récupéra le troisième morceau de la photo, qui était certainement la partition principale : la tête d'Emma, si resplendissante, un rayon de lumière béni des dieux. On la voit rire. C'est une photo de vacances prise l'année d'avant. Elle était heureuse.

« Tu vois, je n'ai pas arrêté de te regarder pendant que tu me chevauchais, lui dit-il, trempé de sueur.

— Et qu'as-tu vu ?

— Ce n'est pas le vide de cette chambre, le problème...»

Déjà, elle sanglotait.

« Oh ! mon dieu ! Non, ne dis rien...

— Si tu savais comme je regrette, moi aussi, qu'on l'ait perdu ce bébé...»

Le confessionnal

CETTE FOIS-CI, tu ne m'échapperas pas. J'en fais le serment.

Depuis un mois, on fait l'amour partout, sous toutes les tensions. Tu me dévalises le sexe sans te sentir voleur. Tu me soumets à des positions qui m'estropient pendant plusieurs jours. Tes rythmes d'amour sont des trains fous. Tes pénétrations répétées me tambourinent le ventre. Le réalises-tu seulement ? Je joue tous les rôles pour toi. Je suis ta putain aux fantasmes crus, ton élégante soprano qui hurle quand elle jouit, ta femme de chambre qui se dévoue sur ton Jean nu-tête, ta voyageuse allemande qui se navre quand ses mamelles ne sont pas suffisamment léchées. Mais là, c'est assez.

Nous avions convenu que je me plierais à la plus minuscule de tes exigences durant un mois. Pas un bail de plus. C'était marché conclu. Et là, l'échéance est à son terme. Je ne suis plus ton esclave, ton exécutante ou tout autre objet d'obéissance. C'est toi qui deviens le mien.

Tu verras, ce n'est pas simple d'être la glaise de l'autre. Tu te souviens de cette fois — c'était quand déjà ? — où tu m'as contrainte à tanguer assidûment entre les bras d'un parfait inconnu pour lire dans ses yeux l'amplitude de l'envie qu'il avait de moi ? Tu souhaitais qu'il me désire au plus fort pour ensuite me dérober à lui. J'ai participé à ce rituel de séduction et de transgression pour te prouver que notre duo est complice, dans la passion comme dans les petites calomnies. Tout n'est pas toujours sain entre nous, mais ce n'est jamais lassant ou convenu à l'avance.

Ainsi ce rendez-vous que je viens de te fixer. Pas n'importe où : dans une église, icône du bien contre le mal. Tu as d'abord refusé de venir, prétextant que l'odeur de l'eau bénite te foutait mal à l'aise et que les images saintes du chemin de croix te rappelaient que, quoi qu'on fasse ou qu'on dise, on est de toute façon des vaincus. Mais j'ai insisté et j'ai avancé l'idée que peut-être tu repoussais ma proposition par lâcheté païenne. Que la possibilité d'un dieu plus puissant que ta bite t'effrayait davantage que tous tes péchés réunis. Avec défiance, tu t'es ravisé.

Je t'entends marcher le long de la grande allée à l'heure dite. Tu me cherches dans l'église, je ne semble nulle part, comme désincarnée ou évaporée avec les anges. Une gêne te taraude. Les bâtons d'encens n'ont jamais été pour toi que des substituts aux douleurs des veuves. Où puis-je bien être ? Et parce que tu me connais mieux que quiconque, tu comprends soudainement que je ne puis me trouver que dans ce petit confessionnal que tu aperçois près des cierges allumés. Tu connais mon intérêt architectural pour les confessionnaux, desquels on ne peut échapper, ni à soi ni à l'autre. Tu sais que j'aime leur intimité sacrée, aussi vieille que la terre, qui appelle les confidences et les aveux les plus conscients.

Je t'attends depuis déjà quinze minutes. J'ai chaud. Ça coule dans chacune de mes craques. Tu ouvres tout à coup la lourde porte de bois, lentement, soupçonneux et un peu inquiet. Je ne te salue qu'avec un petit rire.

« Mais que faisons-nous ici ? me demandes-tu. Si tu voulais me sermonner, un autre endroit aurait tout aussi bien convenu. Allez, on sort d'ici. Je t'invite n'importe où. Je n'ai pas ma gueule de martyr, aujourd'hui ! »

Je ne bouge pas. Je me sens tout à coup extrêmement bien. Ici, c'est le silence, la suspension du temps. Tout passe par nos regards magnétiques qui se télescopent, par nos voix filtrées à travers le petit grillage, par la convoitise des révélations attendues.

« Ce dernier mois, te dis-je, j'ai gémi avec force pour toi, crié, prononcé et nommé toutes les jouissances. Maintenant, c'est à toi de m'écouter. »

L'isoloir est, bien sûr, très étroit. Mon corps et mes mains meublent presque tout l'espace feutré. Vais-je oser ? Vais-je le faire dans cette boîte bénie ? Pourquoi pas ? Ici, tout porte à l'exaltation.

Je ferme les yeux. J'ai conscience de profaner un peu ce lieu, mais je ne peux m'en empêcher. Ne priez pas pour moi. J'ai voulu tout ce qui m'arrive.

Mes seins m'ont toujours valu tes plus belles prières. Alors où est le mal ? Je prends ma main droite et la dépose doucement sur mon sein gauche. Ça palpite en dessous.

Écoute ce que je vais te dire. C'est une confession que je vais faire. Une vraie confession de femme.

Voici ce qui t'attend en sortant d'ici.

Nous allons nous rendre à ton bureau. À pied, en prenant un trajet inhabituel. Nous attendrons que tout le monde ait quitté. Nous patienterons tout le temps qu'il faudra, même s'il faut vraiment faire semblant que tu travailles. Une fois seuls, nous irons dans la salle du photocopieur. Parce que l'endroit est tout petit et que nos désirs pourront prendre tout l'espace. Il fera chaud. Tu verrouilleras la porte au moment où je débouclerai ta ceinture. Et tout ira vite. Il le faut.

Je ne marchanderai rien. Je ne négocierai pas, non plus, avec des baisers qui attendent des caresses et des mains qui cherchent des confirmations. Je ne demanderai rien. Je vais te prendre, tout simplement. Pose tes mains sur ce comptoir, que je te dirai, je te mets en état d'arrestation. Et je m'accroupirai pour te tuer.

Par en arrière. Comme quand on trahit.

Je vais glisser ma tête entre tes jambes écartées, quinze fois plutôt qu'une, par superstition, avec le désir de toujours revenir, et tu aimeras ça, tu accepteras mes invasions avec excitation. Agenouillée, je prendrai ensuite tes couilles noueuses dans mes mains jointes, tes couilles qui seront des petits paniers de provision pleins de foutre débordant. Oui dans mes mains jointes, exactement comme lorsqu'on fait une prière, sauf que moi je n'aurai pas les paupières closes, je vais souhaiter tout voir, comme une voyeuse incapable de se repentir, voir mes doigts en bracelet autour de ton tube droit et raide, le bout de ma langue qui confirmera un naufrage mouillé entre tes fesses par les contractions désordonnées de tes cuisses.

Au début, je ne vais que te lécher, comme une possédée qui ne sait rien faire d'autre. Puis je vais te porter le grand coup, celui qui t'étouffera. Je vais t'enculer, toi l'homme le plus impénétrable que je connaisse.

Tu sais avec quoi ? Avec un vibrateur aussi gros que ta queue, quelque chose enduit de vaseline qui t'intronisera jusqu'au fond, là où on est privé d'âme, où tout rétrécit et rapetisse lorsqu'on insiste, là où les sensations ne correspondent à rien d'humain. Et pendant que tu résisteras et que tu apprendras à dominer les spasmes de tes muscles, le cul en recul, je te donnerai des coups de rabot qui te feront fléchir les genoux, des coups tout légers et tout cruels qui t'amèneront des impressions divergentes. Tu pataugeras dans la douleur. Mais le plaisir ne sera pas que méchant. Il deviendra vite un bonheur terrible, furieux, de plus en plus envahissant. Et, comme pris dans un piège, dans une rage sans rachat, le visage changé, tu voudras jouir. Tu me crieras alors de sortir la catapulte. Et je le ferai, parce que ce sera extraordinaire d'entendre la force de ta voix et que j'aurai la certitude que, si j'attends encore, ce sera du temps perdu.

Tu ne me caresseras pas. Je voudrai être prise à froid, avec ce plaisir un peu masochiste d'être écrasée par un orgasme aussi soudain et dévastateur qu'une crampe qui dure de très longues secondes.

Là-bas, dans le coin, le photocopieur.

Tu retireras ma culotte et soulèveras le couvercle de la machine pour m'asseoir sur la plaque de verre froide. Quelques gouttes de mon sexe y couleront. En souriant, tu utiliseras alors des boîtes de papier pour t'ajuster à ma hauteur et tu t'enfonceras en moi avec l'énergie d'un sprinter qui ne peut concevoir l'accalmie avant la pleine défonce.

Pendant que tu déchargeras ta giclette, je saurai que tu m'habites et que la vie ne me privera de rien si elle laisse mes cuisses sanglées dans l'étreinte des tiennes.

Pendant que tu déchargeras, j'actionnerai le photocopieur.

Je pourrai ainsi avoir en image et en copie unique ma fente ouverte remplie de toi, remplie de nos précieuses onctions intimes.

Mon plaisir dupliqué sur le tien.

Un certain dessert médiéval

BLANCHE-ÉLIONORE porte un prénom bizarre, mais ce n'est pas cette particularité qu'il faut retenir. C'est le fait qu'il y ait une démarcation inquiétante entre elle et les autres. Elle, c'est une sorte d'Agatha Christie. Elle aime le danger, le bord des catastrophes, les chairs menacées et les gentils crimes un peu prohibés. Pour ne rien arranger, elle manigance toujours tout plein de plans pour que les relations qu'elle développe soient absolument frappées de quelque chose d'un peu mortel. Bref, c'est une pure emmerdeuse qui me les râpe, et c'est tuant de la fréquenter. Mais c'est quand même ma deuxième meilleure amie, que voulez-vous, c'est une enfoirée qui ne manque pas de charme, et c'est oui, je veux bien me réconcilier avec elle, encore une fois. Mais c'est bien la dernière.

«Alors, c'est oui! Tu viens, je vais faire ça médiéval et je vais servir du sanglier et…

— Non, vraiment, Blanche-Éli, fais pas de frais pour moi. On peut aller au resto, ça ira.»

Accrochée à mon cellulaire, le nez collé à la place de stationnement que j'essaie de chiper au monsieur à la Jaguar, je vois bien que je perds inutilement ma salive. Casse-pieds qualifiée comme elle est, c'est évident qu'elle a déjà tout décidé. Je ne résiste quand même pas à la tentation de faire la rabat-joie de service.

— Mais j'y pense, c'est que j'avais déjà un truc de prévu pour ce soir ; je crois qu'il faudra qu'on remette ça. Ah c'est trop dommage...

— Oh non, n'y pense même pas ! glousse-t-elle. Tu décommandes ton machin et tu viens, on va se marrer, tu n'as pas idée !

— C'est sympa, mais...

— Tttt ttt ! Moi et les autres, on t'attend ! Ils ont déjà confirmé.

— Les autres ? Mais je croyais que c'était pour être juste nous deux...

— Ben, c'est que c'est gros un sanglier rien que pour deux personnes... À plus tard !

Évidemment, elle a raccroché. Je vais certainement la passer au hachoir très bientôt. Elle est incorrigible. Et moi, furieuse.

La table est mise à mon arrivée. On m'attend. Il y a six invités. Ça me tracasse. Ils ont tous l'air d'une bande de pâtés en croûte.

Je me retrouve rapidement assise entre deux hommes plutôt plaisants, mais qui me font grincer la poulie parce qu'ils se livrent à une chose toute simple qui m'indispose : ils m'étudient. L'un est pompier ou pompiste, je n'ai pas réellement écouté, sympathique, une tête qui affiche une belle cartographie de traits, le genre de type qui mangerait les feuilles d'un artichaut et qui se déchirerait la trachée plutôt que d'admettre que c'est vrai que ça ne se bouffe pas facilement. J'avoue que j'ai des jugements un peu précipités, mais je me fous de me tromper, je suis de mauvaise foi et ça m'amuse de l'être ce soir pour faire suer exprès Blanche-Éli.

L'autre, à ma droite, est réalisateur à la télévision. Lui, c'est son rire pouvant charmer n'importe quel serpent que je retiens, mais «non, désolée», que je lui dis, «je n'ai même pas de télé, c'est bête pour les cotes d'écoute, non?». Je suis dégueulasse quand je veux. Je souris en voyant la face ahurie de mon amie. La prochaine fois, elle me consultera avant de m'imposer sa cour de péquenots. De mauvaise foi, je vous dis.

Fichue soirée. J'ai hâte de remballer ma mine désagréable jusqu'à ma voiture. Au moins, le porto est bon.

Au moment où je me dis que j'en ai assez de faire de la mauvaise figuration, Blanche-Élionore me prend à part et m'invite à me rendre dans sa pièce-bibliothèque, à l'arrière de sa maison. J'adore ce sanctuaire que je connais depuis des années et où je peux toucher la porosité des papiers et me remplir de phrases et d'instants définis par d'autres. Ce qu'elle en a des livres! En y mettant le feu, elle obtiendrait certainement assez de combustible pour éclairer tout ce qui lui échappe encore.

«Il faut absolument que tu voies ça. J'ai tout changé! Ben oui, c'était ça la surprise que je voulais te faire, j'ai tout redécoré médiéval!

— Tu étais déjà fatiguée du feng shui?

— Tu m'en donneras des nouvelles, je t'assure!

— Ben là, faut voir...»

J'ai du mal à comprendre pourquoi elle n'est pas devenue conceptrice de décors de film. C'est géant le talent qu'elle a. Elle a l'œil, elle a l'imagination, elle a songé à tout, même au Saint Graal. La pièce est tout simplement extraordinaire. Je ne me retiens pas et je l'embrasse avec beaucoup d'interjections pour la féliciter. Puis, comme elle l'avait prévu, je me précipite dans le nouveau fauteuil en cuir marron qu'elle a disposé dans l'alcôve. Pendant que je récite de mémoire toutes les phrases d'éloges que je connais, Blanche-Élionore en profite pour glisser une musique flûtée et s'empresse de sortir, prétextant un dessert à servir.

Ça ne fait pas cinq minutes que je suis seule que je devine un bruit au fond de la pièce. J'entends des murmures étouffés, des pas qui viennent vers moi, comme sortis d'une antichambre. Je rêve... Ce sont mes deux partenaires de table qui se plantent devant moi, dans le seul carré de lumière de la pièce, en se lançant des regards complices. Les deux sont en tenue, c'est-à-dire qu'ils portent des pourpoints médiévaux qui descendent jusqu'à leurs hanches, ainsi que des chausses retenues à leurs cuisses par des lacets, mais leur sexe et leurs fesses sont à découvert.

C'est excitant d'apercevoir ces étroites bandes de nudité. Ils commencent à se masturber à un pied de mon nez, caressent leurs longues tiges distendues qui ressemblent à des bras levés. Ils sont magnifiques. Leurs fesses tanguent au rythme de ma respiration qui s'accélère, leurs cuisses balancent des chairs appétissantes, leurs mains deviennent de plus en plus collantes et luisantes de liquide.

Ils me regardent, tout à coup amusés, et m'annoncent avec une solennité toute gaie qu'ils vont maintenant s'opposer en duel pour savoir lequel des deux va me gagner.

Je ricane d'excitation. Je n'aurais jamais cru me retrouver en pleine bataille de Poitiers. En m'éclaircissant la voix, je parviens à murmurer :

— Vous m'en voyez honorée. Mais surtout, soyez assez avenants pour ouvrir les hostilités dans le plaisir...

Et le combat débute à gestes lents... Les deux chevaliers alignent leur queue, méat contre méat, couronne contre couronne. J'ai là Yvain le chevalier au lion et Lancelot le fin amant qui agrippent leurs lances et se portent des coups avec orgueil. Ils luttent peau contre peau en prenant élan avec leur bassin, soumettent leurs glands à la technique du choc frontal, se provoquent en se crachant des filets de salive, se laissent assiéger par des effleurements de langue. Leurs boute-avant ont l'air de deux chevaux de Troie : l'un comme l'autre veut être le vainqueur. Parfois ils se frappent de face, parfois c'est une main rapide de traître qui agrippe une couille de côté. C'est dur d'assister à autant de tourments. J'ai toutes les raisons de les craindre : mes deux seigneurs attestent de leur puissance avec vigueur, s'inventent de petits supplices. Bien entendu, j'encourage autant que je peux, je jette certaines grivoiseries dans la mêlée ouverte. Dans quel siècle suis-je au juste ? De toute façon, je vais adouber les deux, ils le méritent : ils me font m'endurcir dans le péché. La preuve est que je mouille sans remords sur le fauteuil tout neuf de Blanche-Éli, ce qui laissera probablement un cerne sur le cuir. Ce n'est pas ce qu'il y a de plus noble, mais je parie qu'elle saura me pardonner.

Que faire à présent ? Je ne vais sûrement pas demeurer là à les regarder se mettre en pièces. Je veux aussi participer à la gloire de la bataille, exalter les chevaliers, les inciter à la prouesse... Alors j'ose

écarter mes jambes pour être certaine de me
retrouver ou de me perdre avec eux. Je rencogne
deux doigts redoutables dans mon tire-jus et
j'entreprends de le fouiller sous les yeux intéressés
des deux hommes. Je pousse mes doigts, je
reprends élan, je me visite la coquille dix fois, vingt
fois... C'est ma façon de leur offrir une partie de
mon corps et de leur appartenir avant temps. Je suis
une félonne. Je pince mes seins d'albâtre, je les tire,
je me cambre, je me mords les poignets pour me
faire taire, je place mon index sur ces millions de
cellules qui forment mon bouton de femme et le
bouscule jusqu'à sentir que je ne vais plus tenir.

C'est pure démence et insupportable châtiment :
j'ai les pupilles complètement dilatées ; je suis une
combattante qui a déjà une liste de blessures.

« Alors, ça t'excite ? »

C'est le pompier ou pompiste qui, dans une
rumeur confuse de geignements, vérifie mon carnet
d'émotions.

« C'est... spectaculaire ! que je lui dis, le rouge
aux joues à cause de la pauvreté de ma description.

— Normalement, les chevaliers ne laissent pas
toucher leurs armes, mais là, tu peux ! Bien oui,
pour juger de notre vaillance ! »

D'autorité, ils me prennent chacun une main et
y déposent leurs manches chauds. Je me retrouve
avec deux épées Excalibur qui brillent au creux de
mes paumes. Je sens à peine la menace des pointes
dangereuses. Je frotte les lames avec une fausse
bravoure, les compare, en évalue la largeur, leur
trouve des qualités qui s'équivalent. Je me sens
comme une godinette ; ça signifie que rien d'autre
ne m'intéresse que ces épées brandies et leurs pro-

priétés intimes. Pour elles, j'accepterais volontiers de me laisser mourir!

Parler, pas capable. J'ai ces deux membrures tendues à craquer qui me transpercent de désir, des queues taillées pour empaler, enculer et me briser l'échine. Que peut-il manquer aux deux guerriers de Blanche-Éli? Bien sûr, l'hommage, la goûteuse récompense qui vient par la bouche! Me voilà promptement inclinée devant mes inconnus et je les suce à tour de rôle comme s'il m'était possible de m'approprier leurs pulsations. Je les astique, je me rends dingue sur les glands brûlants. C'est sublime! Je lèche les couilles avec une lascivité sans nom, en démêlant les poils humides avec mes dents. Ces couilles sont des petits poids et haltères qui me rendent forte. Je me défonce pour bien les servir, pour que les bites deviennent comme de gros gourdins et ne palpitent que pour coulisser en moi.

Mes deux héros, avec une aisance naturelle, retiennent à peine leurs couinements au moment où j'inhale leurs odeurs intimes, animales. Je frotte les pénis décapuchonnés l'un contre l'autre. Allez, chevaliers, encore, encore, c'est bon, réconciliez-vous. Et ma cotte retroussée jusqu'à mes hanches, elle ne sortira probablement pas indemne de mes exercices de culetage à quatre pattes, mais c'est tellement sans importance.

Que personne n'interrompe jamais ce moment de grâce. J'ai à peine le temps de me passer ce commentaire en tête que je me retrouve basculée sur le tapis, privée de tout sens de l'orientation. Je suis juteuse de partout, je m'écarquille. Une langue vient vite me mignonner et m'inonder de lèchements, des larmes de joie coulent de mon sexe, plusieurs gouttes à boire, abominable torture. Quel goût ai-je ce soir ? Suis-je fruitée, épicée ? Je me sens comme une moule qu'on mange et dont on siphonne la matière visqueuse. Les queues raides bougent de partout, surdimensionnées ; l'une prend ma bouche d'assaut, l'autre, bien gantée, se plaque entre mes fesses, descend la lisière et s'enfonce en moi très creux pour me limer très longtemps et se décharger de son huile de reins.

Je serai à jamais inconsolable de cette soirée prodigieuse, de cette idée insupportable que chacun est attendu ailleurs. Aussi, je me permets de crier mon orgasme comme on prie, c'est-à-dire avec conviction.

Blanche-Élionore choisit exactement cet instant pour revenir avec l'assiette de desserts. Mais je suis déjà plus que servie.

Le luxe d'une ovulation au Ritz

ELLE S'APPELLE INGRID. C'est une femme fabuleuse qui a des ongles très courts et des mains
dignes. C'est obligé : elle est pianiste et donne des
concerts. Son habitude, c'est de faire grande
impression et de remplir les salles. Mais ce soir, elle
joue en privé l'une de ses interprétations les plus
féminines : son ovulation.

« Et pourquoi ce serait spécial, cette fois-ci ? lui
demande son mari Alessandro, un être d'une terrible tendresse qui a pour habitude de tout accom-
pagner ce qu'elle dit de rires heureux comme des
fêtes.

— Parce que j'ai de la graine de diable dans le
corps aujourd'hui... »

Elle semble hésiter, puis poursuit :

« Ne te choque pas, mais je fais toujours des
choses tellement convenables et correctes, même
avec toi. On n'a jamais vraiment osé... c'est-à-dire
dépassé certaines lignes... »

Il lève spontanément vers elle des yeux fausse-
ment outrés. C'est très simple : l'idée de cette varia-
tion étonnante lui plaît énormément.

« Et tu suggères quoi ? Dis, je t'écoute ! Ma
femme me fait des surprises...

— Je ne sais pas moi. Me retrouver dans une situation un peu inattendue, être inquiète de ne pas savoir ce qui m'attend, l'imprévisible, tu sais, rouler des yeux qui s'étonnent, qui s'abandonnent...

— Mais tu as toujours dit...

— Juste une fois, juste pour ce soir ! Ce n'est pas comme faire un grand écart de conduite, c'est juste... C'est comme briser un peu mon image, ne pas être celle qui assure, qui garde le contrôle, qui tient une mesure impeccable...»

Elle passe une main dans ses cheveux pour en tirer une sorte de courage et ajoute, sur un ton de joyeuse supplication :

«Tu voudrais être mon chef d'orchestre ? Me dire quoi faire, me déposséder, me donner des directives... «Écarte grand tes jambes, obéis», «Sois moins timide, suce le bâton de réglisse, allez, rends-le plus rouge, collant, étire-le»...

— Toi ? Te laisser diriger ? Piler sur tes bonnes manières ?

— Oui, être moins prévisible. C'est comme je te dis, juste pour une fois...

Il ne peut cacher sa soudaine animation. Comme si, après tant d'années, elle lui permet enfin de soulever le verrou sur l'interdit. Il pose son front contre le sien, associe l'amusement de ses prunelles noires à son regard à elle, à ses yeux de femme qui sent que minuit l'hypnotisera comme jamais auparavant.

«Tu viens tout juste de signer ta condamnation ! Je suis quelqu'un de très coopératif !

— Ne te moque pas...

— Sérieux que tu veux ?

— Si c'est moi qui le propose... Mais où tu vas ?

— Préparer ton concert ovulatoire !

— Je peux te demander ce que tu as en tête ? Ça me fait peur, quand même...

— Non, c'est défendu ! Ce sera sûrement un peu honteux, ma chérie...

— Rien de grossier, je t'en prie !

— Mais non, ce sera mieux que ça !

— Ça peut être à l'hôtel ? Oh oui, s'il te plaît, emmène-moi dans un lieu élégant où les hommes font filer leur femme, dans un endroit où les ustensiles valent le prix de ma robe !

— Madame la nouvelle dévergondée réclame de la classe ?

— Tu sais que j'aime les places toutes chaudes qui savent se faire aimer...

— Quelque chose comme le Ritz ?

— Hmmm... Ça me donne une grosse envie...»

***

Il a exigé qu'elle se rende à la chambre 2246, celle au fond du couloir. Elle se présente donc à l'heure avec une pointe de trac.

Elle cogne d'abord à la porte. Aucune réponse. Elle ouvre : « Je m'excuse, il y a quelqu'un ? » La pièce est plongée dans le noir. Tout ce qu'elle entend est la musique troublante de Verdi, le classique Rigoletto. Elle franchit alors le seuil à pas de loup et referme derrière elle.

Elle sent immédiatement qu'il y a un homme devant elle, non, plutôt deux. Est-ce cela le plaisir anxieux ? Personne ne fait les présentations ? Alessandro, tu es là ? Est-ce bien toi ? Oui, elle reconnaît son parfum, l'autre pas, par contre, et elle tâche de ne pas s'effrayer, de taire ses appréhensions, de ne pas crier; ça pourrait rompre la musique et la grâce de Verdi. Elle sait qu'elle ne sera pas déçue. Ce soir, elle est l'instrument. C'est elle qui doit vibrer, se soumettre aux mains, se laisser travailler, projeter les sons graves et aigus. Alors la voilà qui accepte tout ce noir et tout cet enfer où elle ne manquera pas d'être jetée, qui frissonne pour confirmer qu'elle sera d'une irréprochable soumission.

Et les mains commencent à jouer sur elle en aveugle, des mains divines qui se disputent son premier gémissement. C'est *moderato cantabile* d'abord; ça ressemble à des caresses pour flatter les courbes, les éveiller, faire tomber les réticences et les pudeurs, explorer avec une vision nouvelle.

Combien de temps avant que ces vingt doigts ne se réchauffent? Elle compte doucement, comme pendant les répétitions, ça lui donne contenance. Elle n'est pas habituée qu'on la déchiffre comme une partition, d'être unique sous des mains multiples. Et ça c'est quoi? Du bordeaux? C'est chaud dans sa bouche, et aussi partout dans ses articulations. Elle a le corps aux abois. Personne ne parle, et peu à peu les respirations pressées qui se font entendre commencent à amplifier les battements de son désir, *crescendo crescendo*.

Pendant de longues minutes, les mains poursuivent leur grande œuvre, l'air de dire : « Essaie, maintenant, de trouver la force de résister ». Ingrid se laisse toucher, embrasser, aguicher, éduquer dans sa chair. Elle autorise les mains à se souder à sa peau maintenant moite. Comment ces musiciens d'orchestre peuvent-ils être aussi doués? Et ce qu'elle a chaud! Autant qu'un toit de paille qui flambe, il lui faut se résigner à une lente combustion suffocante. On lui retire sa robe. Elle vacille. Puis les mains disparaissent et deux bouches gourmandes fondent entre ses cuisses, sans se combattre ou s'incommoder, deux bouches si minuscules pour un désir aussi gigantesque. Elle aime ces bouches qui l'interprètent en duo et qui se comprennent sans même parler, ces bouches croisées qui baignent dans ses eaux, elle est le Nil. Elle est la preuve que les ténèbres d'une femme ne sont pas impénétrables. Elle s'interdit de hurler pour ne pas rendre l'expérience discordante, mais elle n'en pousse pas moins des «Vous me ravagez!», qui sont ici des injures profondément complimenteuses. Elle n'en revient pas d'être aussi bien léchée. On traite ses orifices avec les égards réservés à une reine. Elle ne se sent presque plus, ne peut plus distinguer de quelle fente lui provient son plus vif plaisir. Elle est en train de se commettre dans un pur récital d'inflexions plaintives. Ce n'est pas monocorde, ça ressemble plutôt à des chants de gratitude. «Oui encore, les implore-t-elle, ne vous privez de rien, léchez, sucez, vous êtes à la place d'honneur, vos bouches sont de l'acide nitrique et me perforent, voyez comme je coule... Laissez-moi ajouter mes doigts, je veux me goûter.»

Elle n'a pas le droit de toucher ses deux musiciens. Elle est l'offrande. Mais elle sent qu'ils sont bandés dur, que les baguettes sont douloureuses de plaisir, qu'elles sont loin de siffloter la mélopée de l'impuissance. Est-elle trop timorée pour le demander? Elle ne perçoit rien de réel dans le noir, mais elle veut ça, elle veut bannir toute rivalité entre ses amants, alors elle leur demande de se faire face pour que les queues se touchent et soient comme deux jambes de judokas, combatives, avec les muscles tendus, unies par la même tension, la même véhémence, les mêmes semailles. Ces premiers filets gluants, elle veut qu'ils se mélangent et ne forment qu'une même odeur. Voilà que ça se produit : les bouts se palpent. Elle ne voit rien mais elle entend les gémissements rauques des hommes, leur sublime aria, leur oratorio, leurs notes allongées, éraillées.

Alessandro est découvert, elle le devine très perceptiblement à sa gauche. Pourquoi résister davantage ? Elle s'accroupit rapidement et engloutit cette colonne lisse et gonflée qui n'a jamais connu de dépréciation à ses yeux. Est-ce le contexte ? Verdi ? Toujours est-il qu'elle le besogne avec assiduité, fait des bruits de succion qui deviennent des dangers de débordement, triche sur ses habitudes. Elle souhaite surprendre son mari, faire différent, l'arrondir effrontément, et comme elle croit au principe de l'alternance, elle déporte rapidement sa bouche sur l'autre poteau et y pratique une toute autre cérémonie. Tiens, il est circoncis celui-là. C'est la première fois depuis des années qu'elle savoure une autre essence mâle, une exhalaison qui l'enveloppe autrement, et c'est également la première fois que, par souci d'impartialité, elle avale deux zobs en même temps. L'extase.

Mille fois, elle croit étouffer. Elle est pleine de partout, dans sa gorge, dans ses joues, entre ses dents qu'elle tente d'adoucir. Ça vient, ça sort. Toute l'action, la succion et les sursauts s'opèrent en un seul point : sa bouche, transformée en science du mouvement. Et serait-elle capable de sourire avec ça ?

Elle a les mains rivées sur des fesses et des hanches qui donnent des coups mesurés, sur des testicules pleines comme des gourdes, et elle exulte. Lequel des deux capitulera avant l'autre ? se demande-t-elle. Elle obtient rapidement sa réponse. Deux minutes plus tard, ou alors l'éternité d'un râle de trombone, la queue découronnée décharge dans son visage une semence abondante dans un spasme qui ressemble à un corps lancé contre un mur. Du coup, l'autre, Alessandro, relève sa femme, la bascule sur une petite table de service et s'enfouit en elle d'une seule coulée. Elle est comme fondue sous le rapt, privée de pensées.

Sans impatience, il glisse ensuite plus loin, franchit toutes les barrières du couloir étroit. Elle est séquestrée dans un plaisir innommable. Elle ne peut plus s'enfuir, affolée de désir et de fureurs battantes. Il débute ensuite le rythme sacré de la pénétration, coups d'approche, coups profonds, coups rapides, reins levés, reins abaissés. Elle est plaquée contre lui, sous les yeux de l'autre homme qui ne manque rien des ébats. Respiration difficile, expression de proche béatitude au visage. Elle n'est plus qu'un corps électrisé, qu'un prisme de volupté.

Ingrid sait qu'elle est sur le point d'exploser quand, à la limite du supportable, on écarte son corps de la table. Une ombre s'introduit aussitôt sous elle. C'est celle de l'homme qui a joui dans sa bouche et qui reprend du service, de nouveau gonflé à bloc. Pendant que l'un l'élargit par-devant, l'autre manœuvre pour s'enfiler dans son soupirail arrière. Geignante, lèvres tremblantes, totalement arc-boutée, elle expulse alors un long cri et jouit en tous sens, *piano piano.*

« Alors, ton ovulation ? s'empresse de s'enquérir Alessandro, balayé de toute force, en la regardant déjecter son âme.

— J'ai cru devenir folle...

— Tu en veux encore ?

— Callas ! Dis-lui, à l'autre, qu'il m'a fait chanter plus grand que Maria Callas ! »

Le Petit Robert

C'ÉTAIT PRÉVU que j'aurais à me défendre, à inventer des raisons. Je suis coupable à l'avance.

C'est très mal vu d'écrire des nouvelles érotiques. Ça fait vulgaire, cochon, louchement obsessionnel et tellement peu spirituel. Décevant pour l'intelligentsia. Les gens font toujours des pffff! suspects quand j'ose en parler, comme s'ils découvraient soudainement que j'ai un doctorat de faux-monnayeur, comme s'ils pouvaient se nommer juges d'instruction et me condamner. Oui, me voilà, je suis un petit insecte dépourvu de toute qualité morale, je suis un ministre qui parle trop dans la salle des pas perdus.

— Que faites-vous dans la vie ?

— J'écris des nouvelles érotiques...

Paf! C'est typique, les gars rigolent généralement sous couvert, les filles froncent poliment leurs sourcils de bonne société en disant «ah, c'est intéressant», blablabla, insinuations perfides et profondes comme des tatouages qui supposent «elle a une tare, une coche sautée, c'est une croqueuse d'hommes, une perverse en déshabillages et en regardages, elle doit s'ennuyer dans son couple, c'est comme rien» ou «je parie qu'elle a des seins gros comme ça», complètent en pensée certains autres. C'est totalement faux, et j'insiste! Mais pensez donc ce qui vous plaît à la fin. Au moins je rigole pendant ce temps, je m'amuse dans ma foire, et cet amusement est suffisant pour surpasser tout sentiment de honte ou de faute de parcours.

Le jour, je gagne ma vie selon des normes acceptées, sans imposture; je n'ai pas la dent mordeuse et je ne suis pas une usine à cuissettes, ni une cleptomane qui extorque des plaisirs sur tous les parquets. Mais le soir, dès que la noirceur sacrée se dépose pour tout cacher, moi j'enlève tout, je laisse l'essence ordinaire pour du diesel, différemment toxique. Le soir, je rédige des nouvelles dont je ne me vante pas auprès des autres parents; ils pourraient mal interpréter la chose. Parce qu'elle a des enfants, en plus? Trois petits pains bénis. Et ils ont été enfournés avec des spermatos normaux, honorablement, dans l'amour et en faisant l'amour, et je n'ai pas joui plus qu'une autre femme pour les concevoir.

Non, les gens ne comprennent pas.

«Vous écrivez des nouvelles? Vous voulez dire... des nouvelles sur l'actualité? Des articles pour les journaux? me demande-t-on immanquablement quand je fais la bêtise de m'avancer un peu.

— Non, des nouvelles... Bof, rien de sérieux dans le fond, c'est juste pour me changer les idées.

— Mais ça parle de quoi?»

J'enrage. Je grogne.

Ça me brûle de leur dire que j'écris des textes pour rosir le teint.

Des textes inoffensifs, mais avec des phrases qu'on ne fourre pas partout.

C'est délicat à dire, quand même. Et si la rumeur m'étiquetait auteure de bas étage ? Alors, je me tais. C'est plus prudent. Je prie quand même pour que l'expression de mes yeux fixes dise toute la vérité. Il faut que je pense à mes enfants, et surtout à l'honneur de leur mère qui doit se rendre à la séance de bulletins jeudi prochain.

Tout ça, c'est de la couillonnade.

Je vais finalement vous la révéler la véritable raison.

J'écris des nouvelles sensuelles parce que, un jour, quelqu'un m'a dit que le seul homme qui pouvait se vanter de tout savoir, c'était *Le Petit Robert*. Alors, tête de bourrique comme je suis, je n'ai pas voulu lui laisser le dernier mot.

Je me suis dit : « Ouais, tu n'as peut-être pas fait la Sorbonne, mais tu la connais d'instinct l'écriture impressionniste. Tu sais les mots qui sont capables d'exciter, d'enfler tout seuls, de tirer les draps, de dénuder, de gicler et d'assouvir tout au bout de ce qui donne les battements au fond des ventres. Tu as compris, toi, que jouir n'est pas une affaire toute bête de sémantique. » Jouir, c'est disjoncter de son corps inconnaissable et être retenu durant quelques secondes dans son plaisir avec les bras en croix, figé au milieu de nulle part, défiguré par la charge des secousses. C'est la tour des clochers qui s'éclate en mille bruits confus. Ce sont des couleurs qui sont tour à tour légèreté, langueur, mouvements échevelés, lévitation, sourires d'anges et félicité.

Quand on se fait caresser, on outrage toutes les virgules, on ne tente de réparer aucune faute. Il n'y a qu'une seule considération impériale qui tienne, c'est l'osmose des fluides, le frémissement des sexes embrochés puis fondus l'un à l'autre. «Ah! ça fait presque mal...», «Ah! il n'existe pas de plus grand plaisir»... Oui, c'est aussi ce chevauchement de cris contradictoires.

***

«Tu travailles sur quels contrats, ces jours-ci?»
Pendant des mois, mon mari a été comme les autres. Désolée de dire ça, chéri... Il a cru, lui aussi, que je gribouillais pour passer le temps entre deux contrats professionnels. Il s'est imaginé que j'écrivaillais comme on souffle sur d'impondérables particules de poussière, c'est-à-dire pour rien de précis, comme lorsqu'on s'épanche dans un journal intime pour ouvrir des portes à son âme et gnan-gnangnan autres conneries du genre. Et plus le temps passait, moins j'avais le courage de lui dire : «Tu sais chéri, j'écris des mots qu'on murmure au chaud, des peaux dénudées, des petites séances de mouille, des grandes lèvres, des biroutes qui s'étirent, se contractent et éructent le plus doux des laits de beauté pour le visage d'une femme, j'écris des mots qui interprètent des plaisirs très char-mants.»
Pourquoi je fais ça?
Parce qu'il n'y a pas un chirurgien qui joue mieux avec les nerfs qu'une nouvelle érotique.
Parce que ça me définit autrement. J'en ai marre de n'avoir jamais un poil qui retrousse, de toujours faire tout *correct*, faire le marché *avant* que le frigo ne soit vide, plier les vêtements fraîchement lavés

avant qu'ils ne fripent, prendre les rendez-vous chez le pédiatre *avant* que les enfants ne tombent malades. Je m'emmerde d'être toujours une semaine en avant de moi-même.

As-sez!

J'en avais assez. J'en avais le goût.

Pendant cinq mois, je n'ai rien dit à mon Conquistador de mari. Ça valait mieux. Et puis, un jour, j'ai décidé d'assumer mes petits écarts de luxure littéraire.

C'est dans son tiroir à sous-vêtements que je l'ai déposée. Exactement, oui, dans ses affaires d'homme! J'ai imprimé ma nouvelle la plus salace sur une espèce de papier de soie — ça faisait plus précieux et intime —, j'ai agrafé les six pages après avoir parfumé les feuilles fragiles, et je les ai mises dans le tiroir, sur le dessus de tout. J'étais certaine qu'il en serait déculotté!

Après, j'ai attendu. Comme on le fait les soirs d'élection.

Deux jours. Trois jours. Une semaine. Bon sang, j'étais défaite et recalée!

Rien. Il ne disait rien.

Moi, je n'avais plus d'ongles à force d'attendre comme si de rien n'était.

Bien sûr que ça me détraquait tout le système nerveux.

Je n'allais quand même pas lui demander, entre jambon et purée de pommes de terre : «Eh chéri, j'y pense, tu as bien changé tes sous-vêtements depuis six jours?»

Et un soir, alors que je m'étais convaincue que c'était foutu, mon Conquistador est venu me rejoindre dans la chambre et a refermé la porte.

C'est à peine si je l'ai vu arriver entre les trois brassées de vêtements à plier sur le lit.

«Ah tu es là! C'est gentil de venir m'aider…»

Mais il m'a fait un sourire qui était une déclaration officielle d'appréciation.

À cet instant, j'ai su qu'il l'avait enfin lue, ma nouvelle. J'ai su qu'il bandait. Avec plus de prestige que n'importe quel Goncourt.

Avec ses mains aussi décidées que des pelles mécaniques, il a poussé tous les vêtements par terre et m'a jetée en travers du matelas qui sentait encore l'assouplisseur.

Et là, il a commencé à me prouver qu'il n'avait manqué aucune ligne de ce que j'avais écrit. C'était intensément convaincant. Il a étendu toute la surface de son corps sur moi et a entrepris de lents rampements de serpent qui cherche à faire une victime. Sa langue est venue s'enrouler autour de la mienne, puis a fouillé ma nuque sous mes cheveux, là où il y a un rideau d'écho. Ses baisers étaient comme une pluie de riz, légers dans mon cou, sur mes épaules, sous mon menton. J'ai ri d'être aussi goulûment embrassée. Ça faisait longtemps que je n'avais senti une bouche aussi nerveuse sur moi, une bouche haletante, impatiente.

En plaçant ses mains en ovale autour de mon visage, il a regardé le fond de mes yeux et m'a glissé, avec une inattendue tendresse : «Je vais prendre tout mon temps, même si ça fait une semaine que je me retiens… Alors, tu aimes bien quand tes personnages halètent comme des cheminées bouchées et des aspirateurs? Tantôt, tu vas me supplier d'arrêter… Je vais tellement te siphonner, te faire suffoquer, te racler et te faire râler que tu auras l'impression que je te prélève les deux poumons.»

Mes vêtements, il les a retirés un à un, comme s'il allégeait un fromage en croûte de son filet de coton. Il a commenté le grain de ma peau avec des mots de premier choix, en complimentant mes creux et mes arrondis, en célébrant chacun de mes reliefs comme s'ils participaient à une grande noce. En cet instant, il savait parler mieux qu'il ne l'avait fait sa vie durant. Il décrivait avec grande érudition mes seins prêts aux plus douces folies, il dissertait de façon admirable sur mes cuisses pourtant imparfaites, il récitait à la douzaine tous mes points sensibles, mes frissons, il disait que j'étais désaltérante comme un melon en été, que mes hanches étaient son carnaval, que j'étais un débit de boissons qui l'enivrait. Oui, des détails, il donnait des détails désirés. Tout à coup, il courait plus vite que ses mots à lui, il s'immisçait dans les miens, il me rejoignait dans mes mots de sorcière, dans mes torrents. Il était enfin à mon rendez-vous.

***

LUI :

Viens là, assieds-toi sur le rebord de la fenêtre, comme ça sous la lune déformée. Il fait noir, personne ne nous verra vraiment, ce seront nos halos qui danseront. Oui, la vitre est froide pour ton dos, mais je vais te chauffer les sens à blanc, ton dos va devenir une empreinte de buée. Regarde ce que j'ai là : deux grandes mains qui vont te polir comme une sculpture de quartz transparent. Je suis ton Rodin, tu seras aujourd'hui mon scandale. Laisse-moi poncer ton buste, y faire couler ma salive comme ça, te redessiner avec mes lèvres jamais rassasiées comme ça, poser des silences sur tes mamelons qui sont des boutons de minuterie. Combien de temps avant que mes gestes ne puissent plus jamais s'effacer de ta mémoire ? Combien de temps avant que mes mains ne soient plus sur toi un passe-temps ou une distraction mais l'occupation de toute une vie, mais la distinction honorifique méritée par un corps aussi aimé ?

Tu frissonnes ? Tes bourgeons bandent ? C'est qu'ils ont de l'envergure quand je les roule entre mes doigts baveux. On dirait que je viens de sculpter deux bouteilles de schnaps bien roses, et là j'ai soif de toi cent fois toutes les secondes qui passent. Laisse-moi te boire à grandes doses, jusqu'à en devenir aussi saturé qu'un noyé. Sois mon barman pour la nuit, tu veux bien ? Je n'ai jamais rien vu de plus beau que toi, avec ton visage en attente, avec tes pupilles plus grandes que tous les mondes laids qui existent, avec ton corps qui est une grande figure humaine et dont je reconnais les expressions et les rires. Je n'ai jamais compris mieux qu'aujourd'hui pourquoi deux mortels comme nous peuvent se sentir aussi éternellement vivants.

Ah voilà ! C'est chaud de te téter. Oui, tu soulèves bien tes seins, tu me les proposes bien : le gauche, le droit ; eau chaude, eau froide ; la lune, le soleil ; le bourreau, la victime ; deux petites gueules pleines de merveilleuses contradictions. Tes seins, ils sont gros de si près, de belles boules de cristal qui me prédisent une jouissance assurée. Ça t'excite que les gens qui passent sur le trottoir devinent que je te pompe ? Ça tire en toi quand je suce ? Jusqu'où ? Jusqu'à me haïr ? Tu sens ton plaisir couler entre mes lèvres? Dommage que je n'aie qu'une seule bouche... J'aurais aimé en avoir des milliards pour te manger par minuscules croquées et à la petite cuillère.

Je sens que ma queue prend de l'inflation, ça va te coûter cher, tu vas me payer ça, ma petite femme, ma petite cochonne douée en sciences naturelles. Dire que je ne savais pas que tu écrivais des nouvelles aussi libertines... Que me caches-tu d'autre? D'où il te vient, ce feu? Ah, je suis sûr qu'il est enfermé entre tes cuisses, dans ton petit hublot de petite catin effrontée... Ouvre tes jambes! Rends-moi fou! Laisse-moi voir! Oui, c'est ça! Attends, je vais glisser ma goupille en toi, juste le bout, pour le huiler et le saucer, tout doucement, tout doucement. Ne demande rien, c'est moi qui contrôle, c'est moi qui préside ton empire.

Maintenant, tourne-toi, hisse-toi sur la pointe des pieds et donne-moi ton cul de levrette. Après ton vagin, ton cul à rabais. Ça t'apprendra à mener une double vie. Tu sens ça? C'est mon doigt ça, juste le bout dans ta rosette serrée et poivrée. Je vais le graisser, je vais te bourrer avec. Ne remue pas, ma farouche! Laisse-moi aller au fond de ton obscurité, ouvre ton puits de pétrole, salis mon doigt avec ce qui n'est pas de la mousseline, montre-lui ton côté sombre, noir et fascinant. Dans la vraie passion, toutes les souillures sont des paradis.

Indigne-toi tant que tu le veux, je sais que tu adores et que ça te fait crier d'être aussi soumise, démise, prise de force et prise d'amour.

Je monte en toi, je redescends, je te rattrape plus haut. C'est quoi toute cette rage que je découvre dans ton tunnel étroit? Décrispe ton trou lisse, làààààà, engourdis-toi sur mon doigt qui a vécu, qui a appris, qui sait te prendre, mets-toi en suspens, accroupis-toi un peu plus et tourne un peu. C'est bandant de te voir dans cette position, il y a des témoins dehors qui pourraient le confirmer. J'ai les sacs chargés à ras bord, fais-moi les poches! Laisse-moi t'enfiler, empaler ce petit cul affamé et boursouflé, baisse la barricade, làààààà… C'est mon frappart qui entre maintenant comme un soldat, douce torture progressive. Je te fais mal? Pardon, désolé, mais je vais être grossier et recommencer. Crie! Ça c'est un putain de langage sublime. Làààààà. J'atteins la frontière de ton poste de garde. Relâche, ma belle. De l'autre côté, c'est le champagne royal qui t'attend, on va trinquer ensemble dans la coupe de tes fesses. Ahhhhhh! Ne me laisse pas m'évader, serre ma douille à m'étouffer.

Tu aimes? Tu perds la ligne d'horizon? Tu cherches tes mots? L'as-tu déjà écrit, ça, que tu lubrifies du derrière quand je t'enfonce jusqu'à la lisière de mon alliance? Que tu gémis à tue-tête quand tu me regardes t'enculer avec aplomb, presque jusqu'à fissurer ton coccyx? Encore un peu, je suis fichu comme dans déchu, je ne peux plus bouger, je suis emmuré en toi et maintenant je vais exploser, ma petite femme dégourdie. Maintenant, c'est toi qui as le contrôle, c'est ton cul invincible qui dirige l'univers entier et le continent des mauvaises mœurs. Je vais venir, je vais couler dans ta guillotine jusqu'à en perdre la tête. Il n'y aura plus jamais de petits matins, de cafés froids et de mardis gris puisque je vais jouir à en crever, jusqu'à une mort certaine…

***

Moi :

Comme tu l'avais prédit, j'ai deux poumons en moins et je respire comme un aspirateur détraqué. J'ai un cataclysme dans le derrière. C'est une animation très particulière, mais ce n'est pas ce qui va m'emporter. C'est moi qui décide. C'est moi l'auteure maudite et, même si j'ai ton pieu qui me traverse la moelle au point de me rendre défaillante, c'est moi qui vais proposer le dernier chapitre. Allez, sors ! Marche arrière ! Libère ! Oui, ça brûle atrocement, petit chéri, pardon…

Tu ne le sais pas ce que je veux, mais tu vas l'apprendre. Je veux que tu dégorges dans mon visage. Rien que cela et tout cela. Je veux recevoir l'arrosage onctueux de ta tringle congestionnée ici sur ma joue préparée et sur ma paupière close, là sur mon nez qui te sent et sur mes lèvres quêteuses. Disperse-toi aussi dans mes cheveux si ça se trouve, crème-moi par petits jets comme ça vient, répands-toi comme si tu urinais de la pisse d'or. Je veux voir ta jouissance de face, d'abord la provoquer, ensuite l'attendre intensément jusqu'à l'indécence, puis la voir éclater et l'accueillir en bombant la poitrine, complètement compromise dans ton déversement.

« Des caprices d'auteure ? » me demandes-tu avec amusement. Ne l'as-tu jamais compris ? J'aime te voir juter. Il y a là-dedans quelque chose de trivial, de tellement désespéré et surtout de si heureux. Tu donnes, je reçois, tu te donnes, je te prends, on se nourrit l'un de l'autre, on s'entrebaise, c'est le commérage de ton corps qui se répand dans ma bouche et qui me confirme victorieuse. Combien ta queue haut perchée peut-elle peser? On compte en demi-grammes? Et combien de levure peux-tu décharger? Deux, trois saccades? Assez pour me rendre ivrogne de toi, en tout cas. Allez, gicle, j'ai une merveilleuse capacité d'absorption.

Jouis dans mon visage, mon chéri, déverse tes flaques sur moi pour que ton eau me rende plus pleine que la mer, gicle sur moi pour que je sache que, pendant ce temps-là, tu n'as ni soucis ni agenda d'affaires ni patrie ni souvenirs ni rien de plus important que mon visage qui t'espère et qui respire avec toi. Éclabousse-moi comme si c'était ta façon de me téléphoner à trois heures du matin pour me dire que je suis la seule amante aimée. Asperge-moi comme si cela allait rendre transparentes toutes les petites différences qui nous séparent. Ils disent quoi déjà les gens qui apprennent que j'écris des nouvelles érotiques? Ils sourient en coin? Ils froncent les sourcils pour tenter de comprendre?

C'est tout simple, pourtant.

Tu viens de jouir dans mon visage, à répétition. C'était chaud, fougueux.

Je suis capable de beaucoup te donner. Mais surtout de tout te prendre.

Ce doigt-là, l'autre encore mieux

L ES GENS CROIENT que je suis rédactrice publici-
taire. En fait, je suis avant tout hormonale. Ça
fait une énorme différence.

En ce moment, par exemple, j'ai un mauvais
génie : incapable de rédiger une ligne intelligente
depuis deux heures. Je ne pense qu'à mon ventre
qui me crie que c'est dedans que ça se passe, qui
attend quelque chose, une main chaude, des doigts
spécialisés en pompage d'orifices, une onde de plaisir. Quand je suis dans cet état-là, la seule ponctua-
tion pour laquelle je me battrais est ma petite virgule
gonflée, qui a absolument tout pouvoir sur moi.

Aussi bien régler ça tout de suite. Sans déranger
personne. Pourquoi endurer ce qui peut être sou-
lagé si aisément? C'est mon heure de dîner. Je
quitte le bureau et me précipite chez moi. Direction : chambre à coucher. J'aime bien me faire jouir
toute seule. Et imaginer que même en plein jour,
on peut créer des bouts de nuits extraordinaires. Je
mets une musique langoureuse. Ferme les volets
pour créer une semi-obscurité. Vaporise la pièce
avec ton parfum. Et m'étends sur le lit, si vaste pour
une seule personne, abandonnée et nue dans le
moelleux de la couette.

J'ai mon petit cérémonial pour ce genre d'auto-satisfaction d'urgence. Je commence par faire rôder mes mains légères partout sur ma peau, en y traçant d'invisibles dessins calligraphiques. Puis je concentre mes mouvements sur mes seins. Pétrissage, gestes circulaires autour des mamelons, mains qui s'éloignent et se rejoignent. À force de chercher et de tâter, je m'allume à grandeur et je murmure des choses qui n'appartiennent qu'à la branleuse que j'aime devenir.

Ce sont toujours les mêmes images sensuelles qui rendent mes seins durs. Pendant que je me caresse, j'invente que tu es debout devant moi, faisant le pont au-dessus de mes hanches, et que tu t'en colles une douce. Dans ma tête, tu bandes démesurément, au-delà de l'imaginable, et tu pompes ton sept pouces moins la tête, ta lance à pelotes. Ça m'excite de dire ces mots. Tu te mets ensuite à genoux pour me fourrager la bouche. C'est fou comme tu coules, ton liquide n'a pas de fin. Tu dégoulines partout sur mon visage, même dans mon cou et mes cheveux. Je n'arrive pas à te siphonner assez rapidement. Tu me rends baveuse, luisante, odorante. Et dès que je me crème les seins avec ton jus, tu me renvoies une autre giclée de petit-lait.

J'aime m'entendre geindre. Et aujourd'hui, au point où j'en suis, je ne m'en prive pas. J'ouvre les jambes et attaque ma propre végétation qui se fait attirante. Dans la baise, on parle souvent de doigté. Dans mon cas, c'est vrai. Chaque doigt a son rôle et son utilité. Pas d'ingérence. Pas de compétition. Aucun ne reste sur le banc, inactif.

Avec mon auriculaire, je me caresse l'intérieur de la fesse. Mon cul de biquette est une feuille de soie. Je me flatte par effleurements, jusqu'à la limite de mes lèvres rasées. J'extravague. J'imagine que c'est une langue qui vient me visiter par la porte d'en arrière. La tienne ou une autre. Sans tarder, mon annulaire entre en action. Nettement hardi. Il trouve l'anneau serré de mon anus et le pénètre. L'intrusion m'enchante. Faudrait pas qu'il change d'emploi, celui-là. Mon doigt à cul ne pousse pas. Ne s'impose pas. Comme dans une caverne, il tâte l'entrée, accepte la petitesse des lieux et se laisse doucement aspirer de l'autre côté du rideau. Oui, mon doigt est un peu ta queue. Jusqu'où va-t-il avancer maintenant? Ça glisse, c'est lisse. Plaisir absolument unique. J'adore la sodomie. Je ne sais pas bien pourquoi. Probablement parce que c'est le luxe des grandes jouissances fortes et brisantes. Quand je jouis du cul, je tombe par terre, complètement déroutée, engloutie, les yeux virés au blanc. L'ivresse par le cul. Je ne peux plus dire, ensuite, si je veux encore être fourrée deux ou trois fois.

Mon doigt est bon à l'ouvrage. J'ai les fesses allumées comme un feu d'artifice. Dire qu'on s'assoit chaque jour sur nos fesses sans se souvenir qu'elles peuvent nous faire sauter d'extase. Je retire mon doigt. J'ai conscience du vide. Heureusement, mon majeur prend le relais. Magnifique joueur de centre. Le mien connaît chacun de mes trémoussements et devine ce que je souhaite aujourd'hui : des entrées douces et régulières. Rien de brutal et de félin, comme l'est parfois ton braquemart. Non, cette fois, je veux le doigt fait pour explorer et remonter sans jamais insister. Le doigt horriblement habile qui donne des électrochocs à la poitrine et qui fait dire : « J'ai de plus en plus envie, de plus en plus hâte et si follement chaud. »

Mon doigt s'insinue en moi lentement, le plus loin possible. Je mouille et un miel clair coule même sur l'intérieur de mes cuisses. J'ai fait exprès pour garder ma vessie à moitié pleine. Ça intensifie l'effet du doigt qui pénètre. Je me tortille. Mon plaisir s'éveille, monte à ma rencontre, se démultiplie. Pour me faire languir, je le bloque. Pas tout de suite. Je ne jouis bien du vagin qu'après avoir explosé du clito.

C'est mon index, satané bon maître en travail de finition, qui reçoit la délicate tâche de m'achever. Me voilà avec le clitoris bombé et gonflé jusqu'au plein étirement de la peau, jambes écartées et légèrement repliées, et j'ai ce doigt qui n'en finit plus de m'exciter et de me plonger dans un émoi de festival déchaîné. Je jouis, loin et haut. Si tu savais comme j'ai le goût que tu me suces jusqu'aux globules, que ta bouche devienne une ventouse sur mon petit bout de chair. Je donnerais n'importe quoi pour ton boutoir raide en moi. N'importe quoi pour que tu me renifles et me manges comme une pastille sucrée que tu ferais fondre sur ta langue pour mieux en savourer le centre.

J'entends la porte s'ouvrir. C'est toi qui arrives. Ça, il faut le reconnaître, tu tombes encore plus pile que le plombier. Tu me cherchais au bureau puis, par je ne sais quel instinct, tu as eu l'idée de passer à l'appart. Tu m'y trouves les doigts occupés. Dans l'état que tu vois. Tu ne dis rien. Comprends tout instantanément. Tu ne prends même pas le temps de retirer ton blouson. Tu ouvres ta braguette, me places à quatre pattes au pied du lit et entreprends de me pomper la chatte énergiquement. Je hurle de saisissement.

C'est tellement délicieux que la voisine d'à côté ne manque pas de cogner dans le mur sa frustration de mal baisée.

La greluche devant le Très Grand

MAIS QUELLE GRELUCHE, je suis d'un pathé-tique!...

C'est encore moi qui l'ai appelé il y a quatre jours et qui ai fait la boniche rampante. «On se voit quand? ai-je commencé sur un ton déjà assailli de doutes. Dis, tu t'es un peu ennuyé de moi aujour-d'hui?» J'ai presque eu l'air d'une mère Courage qui demande l'aumône. Et lui, parce qu'il a senti mes supplications de mendiante, a eu la pratique intelligence de m'expliquer qu'il ne pourrait pas me voir avant un bout de temps, «trop débordé, qu'il a dit, un projet fou, je t'assure».

Alors moi, l'espèce de basset servile, j'ai été assez astucieuse pour le forcer à accepter mon aide toute prête. «Ça me fera plaisir de repousser ce que j'avais à faire, vraiment ça ne me dérange pas, ai-je garanti, ça ira plus vite à deux, je n'avais rien d'ur-gent de toute façon.» Pauvre ver de terre suppliant que je suis. J'étais moi-même pourtant très submer-gée de travail.

Ça y est, voilà que je recommence à courir à côté de sa vie comme un garde du corps prévenant pour ouvrir le chemin à ses désirs, pour tenter de l'impressionner en grand genre, pour toussoter alors que c'est lui qui a eu le malheur de prendre froid. Quelle aubaine pour lui, quelle maladresse de ma part. Mais ne me jetez pas la pierre, j'ai tellement l'impression d'être une boulette ordinaire et naine en comparaison à lui. C'est lui le Très Grand. Celui qui ne rate rien, qui a une tête digne d'apparaître sur du papier monnaie. Celui que j'aime tellement que c'en est honteux, que j'admire, clochard ou prince.

Que son nom soit sanctifié et que sa volonté soit faite.

J'accepterais de le débarbouiller et de le talquer si quelque malheureux le roulait dans la boue. Je ferais pire encore, comme d'être sa concierge de service pour essuyer le fait qu'il s'aime avant d'aimer les autres. Je couvrirais ses omissions, je justifierais ses erreurs. J'accepterais même la neurasthénie pour lui épargner un ongle incarné.

Miséricorde, c'est moi qui parle ainsi? Avec une telle hauteur d'avilissement? Me voilà transformée en caille farcie qui se laisse disqualifier de l'assiette sans mettre un os de travers. Je ne vaux pas plus qu'une mâchée de gomme. Est-ce que je dois continuer de le décrire? Ai-je dit qu'il est mon créancier et que je lui dois tous mes frissons? Ai-je dit que je suis incurablement toquée de lui?

Bois un peu de brandy, ma belle, car il y a plus terrible que de l'aimer. Il y a qu'il vient de te tromper avec une fanfreluche ridicule, cette chose habituelle qu'il accepte dans sa vie quand il doute de pouvoir encore plaire, lui beau comme l'azur qui unit le ciel aux fleuves, lui qui brasille comme le faisait Frank Sinatra.

Laissez-moi cuver mon chagrin et plombez-moi toutes les dents pour me punir d'être aussi bête, aussi suprêmement idiote de lui pardonner encore, de faire comme si rien ne s'était passé. Lui, coupable? Non, c'est autre chose. Il ne sait aimer que lui-même. Un mode d'aimer sans amour. Il a toujours cru que l'amour n'était qu'une brioche qu'on avale avec ravissement pour apaiser un creux ou alors pour créer une certaine intimité. Il a eu plusieurs amours, tous des ballons d'essai. «Âme vide! Trouillard avec ta peur de l'engagement!» Non, là je m'embrouille. Je le déifie et, une minute plus tard, je le démolis. C'est que j'essaie de me convaincre que je ne suis pas une greluche et que ce n'est pas si dramatique si je me suis humiliée à l'appeler il y a quatre jours.

Quand vais-je comprendre que je lui dis trop souvent qu'il est le centre de mon univers, et à plat ventre qui plus est, ce qui enlaidit. Je n'affiche aucune énigme, c'est en cela que je me gâche. Je dois me laisser désirer, espérer, souveraine, mystérieuse, toujours en possession d'une confidence retenue, toujours donner l'illusion raisonnable que quelqu'un d'autre m'attend quelque part.

La prochaine fois qu'il m'appellera, je dirai : «Eh bonjour! Ça tombe mal, je suis débordée, je peux te rejoindre plus tard? Peut-être après mes trois meetings?» Et je ne retournerai pas l'appel, je serai trop occupée à rétablir mon prestige à ses yeux et à préparer ma prochaine griffure. «Te voir demain? Je ne sais pas, peut-être...» Je ne dirai pas : «Je t'embrasse» ou «J'aime quand tu ris comme tu viens de le faire». Ça annulerait tout l'effet. Je conserverai une certaine froideur même si ça me brûle en dedans. J'essaierai de glisser un peu d'exaspération à le voir me déranger alors qu'on me réclame de partout.

Il a appelé, il y a deux jours.

J'ai tourné mon regard ailleurs et j'ai dit, comme prévu et sans donner un tour animé à la conversation, que j'étais occupée au dixième degré. J'ai aussi précisé que, finalement, je ne pourrais pas l'aider dans son travail. «Oui c'est ennuyeux, ça te met dans le pétrin, dis-tu? Vraiment?» Un polaroïd de mon visage consterné avec ça? J'ai haussé les épaules de satisfaction et, après une riposte attendue, je l'ai laissé m'avouer que ce n'est pas lui qui m'aurait fait le coup de la défection à un aussi mauvais moment.

Il a rappelé, hier.

J'ai tenu bon quand il a demandé : «On se voit?» J'ai dit laconiquement : «Peut-être, faudra voir demain, aujourd'hui c'est impossible.» J'ai parlé avec une cigarette éteinte aux lèvres, pour m'aider à ne pas penser et pour être sûre de ne pas ajouter quelque chose comme «je regrette vraiment».

J'ai attendu la fin de la semaine avant de recomposer son numéro. Je voulais être certaine de passer mon message.

Je n'allais plus être un animal qui attend son carré de sucre.

***

Il est venu me retrouver chez moi tout à l'heure.

J'ai mis une énergie remarquable à camoufler mon visage extasié et à ne pas m'élancer vers lui à pleines jambes. J'étais la plus heureuse du monde, peut-être aussi la plus blessée, d'où ma résolution à démontrer un enthousiasme prudent. Je ne lui ai pas servi de désolants «je t'aime» qui lui auraient redonné des forces. J'ai manœuvré pour préserver le doute, pour le laisser dans un état d'interrogation inquiétant, qu'il écope un peu. Oui c'est ça, je tenais à ce qu'il me dédommage grassement pour avoir brandouillé avec la fanfreluche. Alors je lui ai mentionné que j'étais au courant, pour elle et certainement d'autres avant elle, que c'était une vermine, qu'il aurait mieux fait de m'être sincère au lieu de me rassurer avec des livres et des soirées de théâtre. « Comment as-tu pu ? Je ne suis pas un morceau de viande qui ne ressent rien. Tu es satisfait du résultat ? Tu l'as bien eue ? Elle a été vaillante à lever les jambes ? » J'ai parlé sans pleurer, sans accrocher mon désespoir à son cou, avec un calme qu'il ne me connaissait pas.

Je viens de me diriger vers la porte d'entrée de mon appartement, que j'ai ouverte en lui tournant le dos. Comment agir ? Lui indiquer la sortie pour ensuite courir le supplier de rester ? Lui dire : « Je prends congé de toi et bon débarras », puis le rattraper sur le trottoir, l'inonder de pleurs de regrets et me flageller d'un « je suis affreuse à endurer, pire qu'affreuse, mais c'est que je t'aime, ne pars pas, s'il te plaît, je suis idiote de te critiquer ». M'abaisser à ça ?

Je prends la seule décision qui peut me sauver : ne pas jouer la ridicule angoissée qui croit n'être rien ni personne et qui s'imagine que si Monsieur ne l'aime pas, elle verra les pâleurs de la mort. Ah non pas ça, lève les pattes, mon cher, si c'est comme ça. Je ne tiens pas à ce qu'on s'aime avec de faux certificats. Je vais m'en remettre si tu franchis cette porte maintenant. Regarde, je vais déjà mieux.

* * *

Miracle des baisers. Rien n'est plus réparateur. Le voilà qui me tire à lui et qui m'embrasse avec des baisers profonds, insensés, je m'en veux de ne pas résister, mais ces baisers représentent l'amnistie, le drapeau blanc espéré. Il y a des larmes dans ces baisers, des larmes qui lavent ce qui peut encore l'être. Nos langues s'enroulent, se combattent, se scellent, se soignent surtout, haletantes, empressées et croyantes que demain tout sera enfin beau.

« Les bouches sont faites pour donner », me dit-il, et c'est ce qu'il fait. Il se donne, souriant. J'ai sa salive qui me coule sur les dents, plus douce qu'une soie à franges. J'ai ses lèvres qui m'affolent et ses mains qui me guident jusqu'au canapé. Il m'y étend avec une lenteur calculée, touche la fermeté de mes seins comme si c'était la première fois qu'il les tâtait, comme si j'étais une étrangère et que tout recommençait. Je me sens perdre pied. Je suis suspendue à l'instant qui va suivre.

Voilà qu'il me dégrafe, m'enveloppe avec des gestes insolemment peloteurs. Ses yeux deviennent excités, avisés, ses paroles prennent de l'autorité. « Dis-moi que tu t'es ennuyée de mon cognoir juteux, me dit-il tout bas, dis-moi que tu ne pourras jamais t'en passer, que tu en meurs d'envie, laisse-moi te le montrer de très près, au cas où tu serais devenue myope, te le glisser au visage. Ma tringle est le kama sutra et peut t'enfiler dans toutes les positions. C'est quoi, ça ? Ça, c'est mon érection ! Suce ça, lèche ça, encore. Tu as vu ? Le gros fauve est maintenant en liberté, avec des instincts indomptables ! Bats-lui les reins, donne-lui des charges senties, avec tes lèvres inquiètes, avec ta langue nerveuse, oui tire sur mes couilles à l'air. Oui, vite, décapuchonne-moi, mon prépuce est tout à coup trop petit. «Tu veux m'insulter? continue-t-il. C'est vrai que je ne te dis jamais merci d'être dans ma vie, que je suis un branleur de cœurs, que parfois je dis des «je t'aime» aussi nuls que des envies de chier. C'est merveilleux de t'entendre. Gruge-moi l'os, ne laisse rien, ronge tout mon manche de gigot, même les cartilages, nettoie tout comme une mangeuse effrontée. Fatiguée? Ne relâche pas le rythme, suce haut et pointu, enfonce, tu n'auras plus jamais la gorge sèche de tout ton vivant. Tu as vu comme je bande gros? On dirait une ogive explosive, menaçante à hurler. J'avais presque oublié que j'allonge aussi démoniaquement dans ta bouche. Tu claques bien ta langue. Aspire, ta bouche est ronde comme un cul ouvert.

« Ton cul, ma belle. Tantôt, je vais te basculer et te le rapiécer, je vais aller voir au plus profond de toi pourquoi tu ne m'as pas appelé ces derniers jours. Jamais, ne me refais plus jamais ça, tu entends, je te l'interdis. Je vais te punir pour ça, pour cette semaine d'abstinence forcée. Écarte tes jambes, ouvre très grand ta bouche d'aération, je vais te serpenter avec mes doigts zélés et tu n'auras rien à dire. C'est ça, mes mains courent, mes doigts te fourrent. Tu deviens aussi mouillée qu'une chasse d'eau, ta culotte est à tordre. Allez, ne bâcle pas la pipe, ne te laisse pas distraire par mes doigts. Tu entends? Suce-moi à pleines mâchoires, fous-moi le bazar à l'envers, c'est bon! Branle-moi maintenant avec tes poings fermés. Les deux. Les deux, j'ai dit! Forme un tunnel serré, je veux m'imaginer que c'est ta chatte que j'enfile, que c'est ta bouche d'en bas, excitante dans son odeur et dans son goût.»

***

Miracle de la révolte. Greluche jusque dans mon sexe?

Non, vite, retourner hors de sa portée, retourner prestement la situation avant de jouir sous son contrôle, laisser planer l'hypothèse que c'est moi qui ai inventé la courbe des fesses.

Je le repousse alors qu'il a le souffle court et la queue comme un superbe brandon. Je me mets à califourchon à la base de ses épaules et je lui dis : «C'est moi la meneuse à partir de cet instant! C'est moi qui dicte les règles! Toi, tu obéis et tu es le serviteur. Le serviteur, tu entends? Tu t'organises pour être irréprochable. Tu devras faire exactement ce que je vais te dire. Si je te dis d'avaler ma pisse, tu t'exécutes. Je veux des gestes soumis et inouïs de précision. Ne t'accorde aucune permission, c'est moi qui commande.

«Ça t'excite, n'est-ce pas? Je le vois dans tes yeux, tu bandes encore plus, ta queue ressemble à un gros filament chauffé. Maintenant, obéis. Pose ta bouche sur ma chatte et plonge tes lèvres dans mes replis, comme si tu souhaitais cacher une feuille dans une forêt. Je veux que tu aies l'impression de disparaître en moi, avec tendresse et paresse.

«Non! Ne lèche pas tout de suite... Souffle avant, souffle sur mon petit museau tout rose que je sois dans la jubilation de l'air. Je veux être chaude en dehors et fraîche en dedans... Regarde, je gonfle… Maintenant, respire-moi à pleines narines… Je t'interdis de faire de l'apnée entre mes cuisses… Hume plutôt l'indécente patronne que je suis, prends de grandes bouffées dans mes chairs écartelées.

« Je sens quoi ? L'essence d'amande ? La glycérine sucrée qui glisse ? Goûte pour vérifier… Butine… Espèce de… Mordille-moi… Encore, encore… Pas comme ça, pas trop vite… Lèche de bas en haut uniquement, lape très droit, très chaud. Plus chaud, j'ai dit ! Tu n'as jamais vu un décollage de fusée ? Je veux être pareille, avec le sexe en fusion et fission… Regarde ! Tu m'allumes et je m'élève. Plus fou, sois plus fou, fais-moi partir en voyage, tire mes bouts de seins sans hâte, creuse mes hanches, redessine la courbe de mon dos. Je veux la totale ! Fignole-moi, débraille-moi à ne pas en croire. Tes mains ! N'arrête jamais de les bouger, et ta langue aussi, réactive-la. Branle-moi le clitoris avec lubricité, imagine que je suis un plein bocal de sucettes, lèche, suce à tout faire fondre…

« Tu peux voir ? Ma fente est tellement gigantesque que tu pourrais y enfourner deux madriers… Tu me prépares bien, ta patience rapporte. Regarde, je commence à couler dans ta bouche comme un boyau d'arrosage percé… Enfonce ta langue, reviens à mon bouton, plus à gauche, remonte un peu… Frôle à peine mon nénuphar… Là, accentue, goutte à goutte, je me donne à toi goutte par goutte. Avale ma petite liqueur de framboises mûres ! Ne perds rien ! Ne me gaspille pas !

« Maintenant, tes doigts ! Pousses-en deux dans ma crevasse, va voir jusqu'où c'est vide en dedans, prends toute la place, réserve l'espace pour toi seul.

Le comprends-tu? J'ai peur de te perdre, j'ai peur
de devenir une *ex* avant d'avoir pu être la femme
que tu auras comblée. Ne réfléchis pas à ce que je
dis. Aime-moi tout simplement. Va vers l'avant,
pénètre-moi avec tes doigts, prends mon ventre,
mon âme, enfile tout ce qui peut l'être en autant
que je me sente poursuivie, en danger au bord d'un
plaisir qui refuserait d'aboutir. Oui, pompe ma
croupe avec ton autre main. Tu vois, je me tortille
comme une épileptique, je bouge sans plus rien
maîtriser. Qu'est-ce que tu attends pour m'embou-
tir? Tu veux mon portrait à quatre pattes? Non, tu
ne l'auras pas aussi facile! Dis-moi comment elle
baisait, la fanfreluche. Tu as tiré vanité de son jeune
corps docile? A-t-elle eu la croupe bien mordante et
vivante? As-tu senti, en la perforant, que la vie était
un lieu immense de lumière? Que son attachement
pour toi était plus énorme que la plus grande carte
géographique du monde? En avalant ta semence,
a-t-elle crié qu'une épidémie de folie heureuse
s'abattait sur elle et que jamais elle ne voudrait en
guérir?

« Moi, je t'aime d'un amour fertilisé chaque
jour, chaque instant. Je te dis ça, mais ça ne change
rien. Tu ne peux pas comprendre. Donc, ne change
rien pour l'instant. Je songerai à tout ça plus tard.
Là, vas-y mon amour, recule mes fesses vers toi,
monte-les très haut pour bien les ouvrir au plaisir,
et bourre-moi.

« Tant qu'à me détraquer le cœur, bousille-moi
aussi le ventre...

« C'est ça, pousse ton gros dard dans mon
passage, jusqu'à ce que tes couilles me frappent à me
faire courber, jusqu'à ce qu'on atteigne un rythme

hystérique. Mes seins ballottent dans le vide. Tu cognes à ma porte sans t'arrêter, tu me boulonnes à toi, je suis attrapée, rivée à ton corps. Tu me pilonnes comme jamais. J'ai ton plantoir qui me fait un trou large, ça ne rentre plus! Il n'y a plus un millimètre de libre, je suis fourrée tout plein jusqu'au bord! Je t'avertis, je vais partir! Ne me laisse pas filer sans toi, crache avec moi, en même temps que moi. Ah mon amour! Je crois bien que c'est la première fois de ta vie que tu es aussi profond avec moi!»

Le voilà, mon carré de sucre.

Big Monsieur

NORMALEMENT, je suis non négociable. Mon patron a beau essayer de me confier les entrevues qui attireront les plus grosses cotes d'écoute, moi je ne bataille que pour celles qui sont chaudes, qui bousculent, déséquilibrent, cherchent la vérité. Je n'aime pas poser des questions à un pantin qui me déverse fadement les lignes rédigées par son attaché de presse. Et c'est ce qui se produit dans la majorité des cas.

Pour la troisième fois ce matin, j'aperçois mon patron qui tourne autour de mon bureau comme un bourdon. Allez, sors le morceau, ça sent la commande spéciale. Qui, cette fois ? Un pdg bien voituré accusé de délinquance financière ? Un député en quête de capital d'image ? Il le sait pourtant, je suis plongée jusqu'aux yeux dans une enquête de corruption impliquant une multinationale pharmaceutique. J'en ai l'écume à la bouche depuis des semaines. Je n'en dors plus, j'y pense constamment. Pas vraiment envie de tomber dans l'entrevue mécanique.

Voilà le patron qui rapplique. Pas de porte de sortie possible : nouvelle affectation, pour une petite soirée de rien du tout, section escorte mondaine.

On ne me laisse pas le choix. Un membre de la direction d'un conglomérat de médias américains arrive en ville et a réclamé une journaliste d'enquête pour le pistonner sur les scandales de l'heure dans le milieu des affaires. Et c'est moi qu'on a désignée. C'est moi le poisson. Aussi bien dire que Big Monsieur va avoir droit à toutes mes réserves de charme à tranchant effilé. Je décide que j'ai déjà en grippe la bête à deux têtes.

Point de rendez-vous : stationnement au pied de la Bourse de Montréal, vers 20 heures. Moi qui avais prévu potasser mes dossiers sur ma terrasse avant d'appeler John pour voir s'il n'aurait pas retrouvé mon godemiché... C'est à l'eau.

J'arrive au lieu convenu dix minutes avant l'heure. Je me promets d'être une peau de vache, de déblatérer des formules qui ressemblent à celles des biscuits chinois et peut-être aussi de verser une goutte de cyanure dans son verre. Non mais, pour qui il se prend, ce type ?

Ça commence mal. Il se pointe avec une carrure de démon, des lèvres horriblement séduisantes et des vêtements qui recouvrent tout mais qui révèlent beaucoup. La déveine totale. Big Monsieur pro-mène un magnétisme dont il ne semble même pas être conscient. J'en ai le vertige, comme quand ma main fait de la plongée sous-marine dans ma fente à rince-doigts. Et ce sourire qu'il me décoche, je le crucifierais sur place, rien de moins.

Pendant deux heures, notre conversation coule d'elle-même, s'élève, esquive les banalités et les lieux communs, emprunte des couloirs, ma foi, plus qu'intéressants. Je dois l'avouer, le type est pâmant. Je le louerais bien à la bibliothèque pour trois mois.

En fait, puisqu'il faut tout dire, je lui balancerais bien ma droite au visage pour qu'il s'aperçoive qu'il a oublié de me draguer. Ça m'énerve. Et je m'écœure que ça m'énerve.

Depuis les quinze dernières minutes, j'écoute à peine ce qu'il raconte. Je me sens développer une obsession soudaine pour sa voix, tissu chaud et enveloppant. Pour ses mains, qu'il pose sur la table sans réaliser que ses phalanges me font penser à dix emmanchoirs trop sages. J'ai le sexe tellement engourdi que j'en ai un filet de sueur entre les seins. La péréquation monétaire comme antidote au terrorisme ? Et si on parlait de mon certificat *honoris causa* en fellation ? La guerre aveugle entre l'Islam et l'Occident ? Oui, en temps normal, c'est mon jus de fruits du matin, mais là, si ça ne te dérange pas trop, tu verrais un inconvénient à baisser mon slip ?

Génial, il ne s'aperçoit pas de mon trouble et continue d'être *totally business*. Mon honneur est sauf. Le souper achève, il règle l'addition. Eh bien quoi ? On se quitte comme ça ? Ça vaut probablement mieux. Il propose d'utiliser sa voiture pour me raccompagner jusqu'à la mienne. Ça me va...

Une fois dans sa voiture, Big Monsieur se permet ce geste : il appuie sur le bouton de verrouillage automatique des portes et me fixe droit dans les yeux. Plus un mouvement. Quoi, encore une question ? J'ai du liquide qui me coule de la pêche et je suis certaine qu'il va bientôt en sentir la fragrance.

Il continue de me fixer. Et de ne rien dire, sinon un bref « Mets-la... T'en as aussi envie que moi. » Pas certaine d'interpréter correctement ce code morse. « Mets-la, ta main... » Sa voix a changé de registre. Il ouvre sa braguette et sort son sexe, un baisoir de bonnes proportions. Bizarre que je l'aie surnommé Big, je devais avoir deviné. Je ne vais quand même pas le faire, pas faire ça, tailler une pipe à un mec qui me croit une proie facile. C'est non. Je serais une vulgaire chatte en chaleur d'accepter ça.

Il me scrute avec un demi-sourire. Attend. Entreprend de se masturber. M'ébranle. M'excite. Règle de journalisme de base : demeurer calme quand la situation nous échappe. Pour l'instant, tout ce qui compte, c'est que je suis complètement lubrifiée.

J'ouvre les jambes comme une minette en manque. En s'approchant de mon oreille, il en profite pour m'informer qu'il va me fourrer. J'incline mon siège au maximum. Il ajoute que je vais adorer. Je lui dévoile ma fine culotte et le liseré de mon noyau ouvert. Il précise qu'il va décharger fort. Je suis d'accord. D'accord avec tout ce qu'il dit. En autant que sa main revienne à ma chatte. Il y glisse un doigt, le tortille, le manœuvre habilement, le synchronise à mon plaisir, le ressort, le lèche. Efficace. Il en engouffre deux, les pousse, les fait pomper et les retire. Fameux. Puis, il m'envoie le bataillon : trois doigts introduits pour me défricher profondément et me sillonner en terres profondes, moi qui ne connais rien à l'agriculture. Mon slip est en lambeaux. Et mon point G est à découvert.

Il sait qu'il a le dessus. Il sait que je vais le faire, que je vais maintenant le supplier de me léchotter la bouture. Ma demande sort en un miaulement. Pendant que je me caresse les mamelons, les étire et les tourne délicatement, je le vois s'incliner, me humer et déposer ses lèvres sur mon bouton gonflé. Un son m'échappe, entre cri et faux hoquet. Je suis éblouie et transpercée. Il est connaisseur, ce Big, et ses coups de langue sont autant de sables mouvants dans lesquels je me perds.

Au moment où il devine que je vais jouir, il se détache de moi, me susurre un « tu es irrésistible, ma belle », sort de la voiture, la contourne et s'immobilise tout près de moi, queue dévoilée. Il est sublime. Je n'ai aucune idée de la suite des événements. Il se poste devant ma portière. J'ouvre la vitre. Son poussoir est géant, étiré dans toute sa longueur. Je peux le voir de profil dans le rétroviseur extérieur qui indique, et là j'en comprends vraiment le sens, « *Objects in mirror are closer than they appear* ». Traduction libre : cette lance à deux boulets va bientôt s'enfoncer dans ma bouche et j'ai sacrément hâte.

Big prend sa verge et la dépose sur le rebord de la vitre abaissée. Quelle queue divine ! Elle est triomphante, dégoulinante. Je la veux. Malgré l'inconfort de mon siège, je me mets à genoux et je me l'enfile jusqu'au fond de la gorge. Je suce Big sans m'arrêter, avec ardeur. Je le promène en tous sens dans ma bouche, me laisse envahir par lui, je l'aspire, le goûte, m'en délecte. C'est lui, maintenant, qui supplie afin que j'accorde grâce à son sexe fou. Pas encore. Je sors de la voiture à mon tour, descends son pantalon, m'accroupis derrière lui et glisse ma langue fouilleuse entre ses fesses. Sa réaction est celle attendue.

Il me plaque contre lui, me déménage jusqu'au capot, m'y étend de force, soulève mes jambes

cul par-dessus tête, me chausse et pousse, me che-
vauche et se déverse dans ma conque toute livrée.

Je n'ai jamais été une fanatique de carrosserie,
mais là je fais exception et je me soumets à sa
magnifique cylindrée coulante.

La cabine d'essayage

DANS QUEL LIEU te donner rendez-vous? Ça fait un mois qu'on se fréquente, qu'on fait l'amour de toutes les façons possibles, que tu me fais prononcer et nommer toutes les jouissances. Un mois que tu me baises comme un abonné régulier qui attend que son gland soit insupportablement rouge écarlate avant de décélérer ses assauts. Comment te surprendre, cette fois-ci?

Une idée me vient. Tu sais comme j'affectionne la lingerie fine, qui est pour moi le premier opium du désir. Oui, je vais te faire le coup de la cabine d'essayage dont l'intimité et le jeu des miroirs sont en soi une excitation. Ce soir, 20 h 30, pointe-toi à la cabine 4 de ma boutique habituelle et explique simplement à la vendeuse que tu viens rejoindre ta femme qui ne sait jamais quoi choisir.

Je t'entends arriver et converser brièvement avec l'employée. Tu t'approches de la cabine et cognes. Je t'ouvre et te salue d'un rire délinquant. «Mais que faisons-nous ici?» me chuchotes-tu en souriant largement. J'ai revêtu de magnifiques sous-vêtements en satin lavande, portés avec chaussures à talons hauts, collier de perles et nuage de parfum.

Je te fais asseoir sur le petit banc rectangulaire, à quelques centimètres de mon corps.

Je retire doucement la culotte essayée. Tu te paies mes fesses en plein visage. Je me tourne vers toi, pose l'une de mes jambes sur le banc et écarte lentement mes lèvres. Je lubrifie sous tes yeux brillants. Avec mon index, j'entreprends de caresser mon clitoris, aussi vif qu'un rouge à lèvres. Mon doigt œuvre bien, la salive agit. En moins de deux, je fais du trois dimensions. Tes yeux sont contemplateurs, hypnotisés. Comme première réaction de ta part, je reçois un « c'est fou ce que ta dentelle me fait bander »...

Je procède maintenant à l'investigation de mon soutien-gorge. Je libère mes seins à moitié et commence à les masser, presque collée au miroir central. Ils sont ronds comme de gros chatons et répondent bien à mes attouchements. J'en pince les pointes, les fais enfler comme des crampons d'acier et les frotte avec langueur. C'est dément, je bande des mamelons. Ils sont durs, longs, dressés. Si j'y croyais, je jurerais qu'ils coulent à cet instant.

Je m'approche de ta bouche, y enfile mes bouts raidis et te les offre en délice. Permission accordée : « Saute-les, mords-les, tète-les comme s'ils étaient deux clitos. Oh oui, ça t'excite, ça fait bordel interdit. Oui, alterne bien tes mouvements de langue et de doigts. Oui, c'est ton truc de me sucer, n'est-ce pas ? » Ma respiration devient hachée. Je râle d'une douleur sourde. Tu ne veux pas les lâcher. Tu t'y accroches, comme si tu avais peur de me perdre.

Tes jambes sont grandes ouvertes. Ta bite te fait souffrir. Tu te relèves, toujours suspendu à ma boîte à lait. J'entends ton pantalon qui s'ouvre et tes mains qui fouillent ce qui s'y érige. Entre deux tétées, tu me profères des obscénités à noms variés. «Bandeuse, sale allumeuse, enfileuse de mes couilles, je te pomperais jusqu'à ce que tu deviennes incontinente. Mouillée, très mouillée de partout. Ah! j'aurais envie que tu me sirotes. J'en tremble presque.

— Prends ta queue et bande sur mes mamelles. Laisse-moi ton odeur.

— Il est magnifique, ce soutien-gorge. Il va me faire juter autant que tu veux.»

Je me penche et tu poses ton sexe sur mes mamelons comme si tu voulais les peinturer. Tu le fais d'ailleurs. Tu m'englues. L'heureux supplice. J'en profite pour me baratter à nouveau le pubis. Mes doigts renseignés connaissent le chemin. Ils s'invitent à l'intérieur et se permettent des longueurs : entre, sors, entre, sors... C'est moelleux en moi, on dirait un tapis d'algues. Ça glisse tout seul. Mes doigts sont des radars, il n'y a pas d'amant plus doué pour pister mes points sensibles. Là, oui, c'est électrisant au-delà du possible.

Et mon autre main, ah celle-là je ne m'en passerais pas. Elle a trouvé mon trou arrière et le gratifie de légers coups intrusifs. C'est intelligent un cul. Si on le brusque, il se ferme par réflexe et nous envoie sur les roses sans ménagement. Exactement comme on fait avec les cons et les baratineurs. Par contre, si on le flatte du doigt, le détend, le cajole et le traite comme un roi, alors là, mon tout beau, il devient carrément pourvoyeur de plaisirs. T'as compris ça, toi, n'est-ce pas? Tu te baisses, enfouis ta bouche entre mes fesses et me lèches l'anus jusqu'à le sentir palpiter. Bien vite, tes doigts courent remplacer ta langue adroite.

«Tu sais ce qui m'exciterait?»

Mes paroles sont à peine audibles. Je te les murmure en haletant rauquement comme une asthmatique finie. J'ai les jambes très écartées, la fente envahie, les fesses contractées, les seins grugés et, m'entends-tu, je n'ai qu'une idée en tête, et elle manque de pudeur...

«Que je te visse par-devant et par-derrière?

— Je veux surtout que tu te déshabilles au complet. Nu intégral...»

Tu prends ton air amusé. Celui qui m'a d'abord fait t'aimer. Et tu essaies de me convaincre, avec une faible plaidoirie, que ce n'est peut-être pas le meilleur endroit.

«Pense à la vendeuse qui va bientôt rappliquer pour demander : «Est-ce que tout va bien ici?» Je vais lui répondre quoi? Que t'es luisante de partout et que je t'enfile la chatte?

— J'en crève d'envie, tu sais...

— Je dois admettre que moi aussi, mais il va me falloir une compensation!

— Allez, déshabille-toi! Et pour chaque vêtement que tu retireras, je te confesserai quelque chose!»

Je me sens des envies terribles de voyeuse. Je veux te voir te donner en spectacle pour moi. Je me hâte d'enfiler de délicats dessous en dentelle bourgogne, avec slip jarretelles. Mes mouvements sont ralentis par tes lèvres qui font des excursions de mon cou à ma toison cuivrée. Ici, il fait sombre, c'est parfait. Trop de luminosité, paraît-il, fait sécréter des substances qui affectent la libido. Dans cette cabine, ton sexe sera nécessairement divin, élevé.

Pour ne rien manquer, c'est moi maintenant qui prends place sur le banc réchauffé, jambes écartées au complet. Ça m'excite de savoir que d'autres femmes se dévêtissent juste à côté de nous et risquent de nous entendre. De combien de temps dispose-t-on? Cinq minutes, huit tout au plus? Tu en consacres une à me masturber et à errer sur mon entre-cuisse pour encore plus m'émoustiller. Puis tu pivotes vers le grand miroir et y fais couler un peu de ta crème. «Essuie-la», exiges-tu, et je lèche parce que je suis trop gonflée pour m'objecter.

Tu commences enfin ton insupportable manège. Un : chemise. Tes gestes sont impatients. Tu t'énerves avec les boutons. Tu as l'air d'un lion qui s'accouple dans une cage trop petite pour ses ambitions. «Oui, déboutonne-la lentement, oui, comme quand tu défais l'agrafe de mon soutien-gorge dans nos réceptions. Tu te régales, je le sais, lorsque mes seins rebondissent sous mes pas. Tu excites beaucoup mes copines, tu savais ça?»

Deux : chaussures. «Imagine que tes pieds poussent mes fesses alors que je suis à quatre pattes. Tu la vois bien, ma chatte? Elle est fendue et luisante à ton goût? Je me la caresse bien? J'ai l'envie irrépressible que tu introduises n'importe quoi dedans, tes doigts, une bougie, un crayon, ton ramoneur. Regarde-la, tu me dis des grossièretés et elle s'ouvre toute seule, ruisselante, réclamante. Je crois que je vais m'accroupir sur ton visage pour que tu me goûtes dans tous les sens et que j'aie plusieurs orgasmes en rafale.»

Trois : pantalon. «Tu es gonflé à bloc. Fais-le glisser lentement sur tes hanches. Oh, il y a du relief, splendide érection! Prends-toi à deux mains et masturbe-toi. Je veux entendre tes râlements et les claquements à la base de ton nœud. Pense que je suis une vierge inexpérimentée et que tu dois tout m'apprendre de ta douille. Bouge-la, étire-la, assure-moi qu'elle est gourmande et persuasive. Salaud, tu veux me bourrer avec ? Allez, plus de rythme, plus de jus. Attends, je vais t'aider, je vais te sucer, te pomper en creusant mes joues. Ce que tu es gros. Tu m'emplis la bouche combien de fois avec ça quand tu décharges ? »

Quatre : caleçon. « Oui, même nu, tu es mille fois plus séduisant que toutes les boutiques Armani. Plante-le, ton dard, pine-moi, chevauche-moi comme si j'étais une monture indomptable. Tu es sans égal. Tu m'éblouis et je te chuchote que je t'aime. Je peux bien te le dire maintenant, de toute façon je suis foutue. J'ai une rage de toi, et ce n'est absolument pas régulier. Ondule en moi, avance, fouille ton passage, cherche ta vitesse, torpille ! Oui, mise à feu ! Oui, je m'affole, parle-moi même si je ne t'entends pas, je suis occupée à jouir, je vais exploser. Toi aussi, n'est-ce pas ? Balance-moi ta semence. Ça monte, ne résiste plus, convulse en moi, oh belle abondance ! »

Tu jouis en te mordant les lèvres, sinon tu aurais crié. Je te suis peu de temps après, au moment où, par un timing incroyable, la vendeuse s'enquiert : « Est-ce que tout est de la bonne grandeur ici ? »

La dispute réparée

LE MIEUX SERAIT un suicide ou une crise cardiaque qui ferait que je n'aurais pas à m'excuser d'être aussi peu vaillante. Il fait un soleil d'enfer. Une humidité à faire gerber. Et la journée s'annonce aussi réjouissante qu'un feuillet paroissial. J'ai envie d'une crème glacée et d'un seau à glace pour mes pieds, et je suis prise à faire un reportage sur le record de chaleur que la province a enregistré hier. Je me sens dans un radiateur qui va exploser. Et voilà que mon caméraman vient de m'apprendre qu'il viendra me rejoindre avec une heure de retard. De mal en pis.

Aussi bien prendre mon mal en patience. J'aperçois un long bouquet d'arbres pas très loin, sur le bord de l'eau. Beaucoup de promeneurs, mais une paix ouatée s'y trouve quand même. Autant y aller. Avec le flair d'un éclaireur, je détecte rapidement un merveilleux banc de parc dans une zone reculée et je m'y dirige d'un pas assuré. En fait, non, je n'ai pas le temps de m'y rendre. À quelques mètres de là, cachée derrière un écran de broussailles, je fige sur place. Devant moi s'offre le plus inespéré topo qu'une chercheuse de faits divers puisse rêver.

Deux personnages : une femme, à qui la vie a accordé la charité d'être sublime et bien repassée de partout, et un homme dont la virilité est d'une puissance paralysante. La femme est assise près de l'eau, sur un blouson jeans, et regarde des canards qui passent par là. Elle a l'air furieuse. Elle écoute l'homme lui parler, dos poliment droit, et elle lui oppose un silence de guerre froide. Son corps est tellement immobile qu'on dirait qu'elle va briser si le vent souffle trop fort. Elle semble se dire « foutu après-midi, foutu déversoir d'explications et de justifications ». Elle n'en a rien à ficher de lui pardonner ou de le bouder, c'est pareil de toute façon. Si une femme pouvait être un canon, celle-là aurait le potentiel de créer un bombardement à tout casser.

L'homme, lui, est debout tout à côté et ressemble à une photo dédicacée. Il est tellement attirant qu'on aurait envie de lui dévisser la tête pour vérifier si le contenu fait bonne compétition à l'emballage. Il se contente d'être là, sans bouger, sans se démonter, sans s'énerver. Il n'est pas idiot, et ça paraît. Il sait qu'il ne dispose que d'une seule stratégie pour renverser la vapeur : l'effet de surprise.

Sans annoncer ses intentions, je le vois se jeter sur la femme par-derrière. Tactique légalement loyale dans ce cas. Il la plaque contre lui, lui assène un baiser dans le cou, coince l'un de ses bras sous ses seins et la renverse au sol. Elle ne peut plus bouger, prisonnière de ses douces agaceries. De sa main libre, il relève sa robe de lin. Bien vite, elle n'a plus de slip, et son pubis aux poils bien taillés est dévoilé. Il enfouit des doigts impatients là où sa vulve s'humidifie. Naturellement, la femme se débat, s'objecte, repousse. Je la comprends. Elle ne veut tout de même pas céder. Il croirait qu'elle est impressionnée ou pas sérieuse dans ses rébellions. Et pourtant, elle l'est. Fichu stratagème de mâle, elle en a vu d'autres et des pires encore. Elle pousse des cris entendus de dissuasion. L'homme plonge aussitôt sa langue au fond de sa bouche pour l'empêcher d'argumenter ou d'insulter. Elle grogne. Il lui lèche le palais, les dents et la mitraille de jets de salive.

Ça commence à ressembler à des chatteries sur fond de lutte. Elle se détourne, il la reprend. Elle se contracte, il la ramollit en égarant des baisers sur son ventre et ses seins satinés. Elle expulse les doigts curieux de son sexe, il en refaufile d'autres en déverrouillant tous les loquets qui font obstacle. Elle le traite de salaud, il lui réplique qu'aucune boutonnière n'est plus bandante à enfiler que la sienne.

Ses mamelles sont envahies. Ses orifices deviennent des sièges occupés. Jusqu'où entre-t-il sa langue audacieuse? Elle gesticule, se tortille, tente de se dégager, de faire figure honorable, mais ça devient peine perdue. Pendant qu'il intensifie son offensive, elle se sent faiblir de plaisir. Elle mouille tellement qu'elle écarte elle-même ses lèvres gonflées et, avec des mouvements circulaires, ajoute aux sensations exquises. Des vagues la soulèvent. Elle est littéralement captive, jambes écartées, reins arqués et abandon amorcé. Ce n'est pas les membres de son conseil d'administration qui cautionneraient pareille reddition.

Mon reportage sur la chaleur suffocante prend des airs de réalisme inattendu. Les corps emmêlés que j'observe impudiquement sont magnifiques. Je suis en eau et mes jambes ne supporteront plus longtemps de voir ce couple consentir à un dialogue d'extase aussi prometteur. La femme est toujours basculée sur le dos et se fait téter les seins. On jurerait qu'elle va capituler. Mais non, sans prévenir, c'est maintenant elle qui s'agrippe à ses épaules et qui le fait rouler sur l'herbe.

Elle s'attaque à son pantalon bleu marine, tire sans façon sur la fermeture éclair, brusque l'entrée et s'empare de la tige bandée. Il râle, c'est clair, j'en distingue même l'écho depuis mon poste d'observation. En une suite de gestes sûrs, elle ne perd pas de temps, elle libère la grosse corde en érection avancée, la serre, la relâche, la contemple et la masturbe avec vigueur. Lorsqu'une main travailleuse est fatiguée, l'autre prend le relais.

Durant quinze minutes, elle ne le lâche pas. Elle lui assaille les couilles, gave le gland de larges coups de langue, visite la corolle de l'anus d'un doigt expert et suce la longue palette avec une intensité parfaitement vicieuse. Elle ne ralentit la cadence que lorsque des gouttes de sperme viennent annoncer un convoi plus que prochain de plaisir.

J'ai chaud, c'est complètement fou. Mon cœur fait du 120 km/h. Je me sens en état d'apesanteur, flottante, perdue entre la phase d'excitation extrême et le plateau de jouissance. Je ne donne pas cher de mon chrono de résistance.

Je n'aurais pas dû saisir ce petit bout de bois lisse et doux à mes pieds, exquis, bienfaiteur, et le glisser sur mon capuchon maintenant détrempé et fêté sans partage. Je vais y passer, moi aussi! Je sens un orgasme indiquer ses droits dans mon pays-bas. Mon patron me répète toujours d'évaluer la situation avant de réagir. C'est encore raté.

C'est le dernier épisode. Normalement, je ne suis pas du genre à me divertir des ébats lascifs des autres. Mais là, j'avoue que je suis hypnotisée comme ce n'est pas possible. Je me sens en mission de regarder jusqu'au bout, comme une sale profiteuse accréditée qui sait qu'elle ne regrettera pas du tout son audace.

L'homme se redresse, regarde autour pour s'assurer qu'il ne risque pas la brigade du promeneur outré et il fait grimper la femme à califourchon sur ses hanches, face à lui. L'exercice est troublant. La femme est soulevée de terre, adossée à un large tronc d'érable, frémissante, aimantée à lui, et elle le parcourt de ses mains, d'une côte à l'autre, explorant chacun des muscles. Elle ne peut détacher ses yeux de son visage. Elle en caresse la forme avec une soudaine tendresse mêlée à l'urgence du plaisir.

En moins de deux, elle élève les bras et attrape une solide branche, la plus basse, celle qui ressemble à une tringle de garde-robe. Elle l'utilise comme trapèze et comme support d'élan. La position est parfaite. La hauteur, surtout. Il lui tète goulûment les seins à nouveau et l'ébranle d'une agonie qu'on aime au premier essai. Elle est prête, aussi ouverte qu'une poulinière, presque secouée de spasmes.

Au moment où l'homme sent qu'elle ne peut plus retarder son orgasme, il la pénètre avec des poussées échauffées, puis il la ratisse plus rapidement comme s'il voulait en trouver le centre et s'y loger. C'est elle, tout engloutie dans sa crevasse tremblante, qui jouit la première, la bouche grande comme un O majuscule.

Lui, l'homme, ne se fait pas attendre. Je le vois l'encocher, les mains rivées sous ses fesses à elle, la posséder en son fond et la couronner d'un orgasme scandé d'un «je vais t'en envoyer pour deux... pour deux!» qui n'est rien d'autre que la plus éloquente phrase de réconciliation qu'il connaisse.

Quand mon caméraman se pointe, je lui avoue candidement que la canicule a des effets redoutables sur moi et que j'ai vraiment besoin de cubes de glace pour me rafraîchir.

S'il savait pourquoi je lorgne tant sa braguette...

La Rolls des fellations

IL NE FAUT JAMAIS sous-estimer l'effet d'un cornet de crème glacée. Ça prend dix minutes à manger, mais ça peut transformer à jamais l'idée qu'on se fait d'une voiture manuelle.

On s'était donné rendez-vous dans un parc. Pendant deux heures, je n'ai pas flanché. Je ne me suis pas humiliée à prononcer l'irrattrapable. Je n'ai pas dit : « Lambert tu me manques atrocement ». Je ne lui ai pas avoué qu'il est le centre de ma vie, l'œuf de mon monde. Il ne veut plus rien entendre de tout ça. Alors, pendant deux heures, j'ai imaginé mille dépouilles décapitées pour m'empêcher d'être trop heureuse de le retrouver. Mes dons d'actrice ont probablement agi comme il le fallait, puisqu'il n'a pas eu l'air de remarquer le trou que j'avais dans la poitrine. Un béant trou d'amour.

Ensuite, on a marché. J'essayais de me convaincre que j'étais une plante verte et que je ne ressentais plus rien. Que mon cœur ne cognait pas sur mes côtes. Mais je me trompais : même les plantes ont des sensations. Elles réagissent étonnamment, paraît-il, à la musique. Mauvais exemple, donc.

Après les plantes, pour être bien certaine de m'abrutir sans me rater, j'ai commencé à compter les lignes du trottoir en tentant de ne pas écraser les fourmis, comme quand j'étais enfant. Mais j'ai vite interrompu ce moyen de fuite, parce qu'à chaque ligne qui s'additionnait, je mesurais toute la distance qui s'était creusée entre nous, tout ce que j'avais perdu. Les baisers, la connivence, lui la planète, moi le satellite qui tournais autour; lui les voyages, moi qui ne souhaitais pas nécessairement m'éloigner puisqu'il représentait le bout du monde. En fin de compte, l'univers entier était scindé en deux : il y avait nous, puis il y avait tous les autres. Merde, je tombe dans le pathos...

Je crois qu'il aurait été préférable qu'on avance dans le silence, comme deux habitués du désert. Mais Lambert a desserré son col de chemise, a uni nos petits doigts en un seul crochet et, avec sa voix qui me revire, m'affame et m'emplit, il a proposé qu'on achète des cornets.

Je n'ai pas l'habitude d'aimer la crème glacée. Mais là, on s'est payé de gros cornets qu'on a mangés avec des langues nonchalantes dans sa voiture. Tout allait bien jusqu'à ce qu'il embraye et qu'on atteigne le premier feu rouge. C'est là que j'ai perdu mon *self-control*. Probablement à cause du froid de la crème glacée qui est monté à mon cerveau. C'est prouvé scientifiquement, ce truc-là. Probablement aussi parce que sa voiture était manuelle et que la simple évocation de ce mot m'a inspirée. À la minute où il a passé le bras de vitesses au neutre, j'ai craqué. C'était parti. Et inespéré.

Je ne sais trop comment raconter ça. Mais comme c'est un peu un accident de parcours, je crois que je peux essayer de consigner chaque détail et de faire un rapport. Comme ceux qu'on remet à la police. Donc, monsieur l'agent, nous étions immobilisés au feu rouge et j'ai complètement flippé. Non, je n'avais pas les facultés affaiblies et je n'ai pas pris le temps d'y penser. Sous une impulsion qui m'a frappée au plexus, j'ai allongé la main gauche jusqu'à la braguette de Lambert D., j'ai tâté son sexe sans manière et je me suis énervée sur sa fermeture éclair. Il m'a souri sous l'effet de la surprise, puis a tenté de retenir ma main. « On m'attend à une réunion importante. Ce n'est vraiment pas le moment! » Je cite ses paroles exactes.

Bien sûr, j'ai fait la contrevenante et j'ai quand même sorti son bagage mou qui, pour toute objection, m'a fait une charmante grimace toute plissée. La manœuvre suivante a été fatale. Alors qu'il bifurquait vers l'autoroute, j'ai débouclé ma ceinture de sécurité pour mieux atteindre le siège du conducteur. J'ai fait semblant que le bras de vitesses ne m'enfonçait pas l'estomac — pourtant c'était le cas et c'était très inconfortable — et j'ai plongé la queue de Lambert D. dans ma bouche gourmande, dans ma bouche encore glacée par le cornet. Il a gémi, une longue lamentation émouvante. Il m'a dit « c'est frooooooiiiiiiiiid! c'est booooonnnn! », alors j'ai supposé que la route m'était favorable, je l'ai sucé, poli et gobé au max, je me suis affolée sur son piston survolté. Mes lèvres fantaisistes étaient inlassables et baveuses. J'avoue que j'allais vite, j'étais pressée de dérouler le prépuce. Ma bouche brûlait de goûter l'équipement généreux. À force de le pomper encore et encore, j'avais les joues complètement gommées de salive, j'avais sa senteur troublante mêlée à mon haleine.

S'il a pris certains risques au volant? Il a dû fermer les yeux à quelques reprises, mais seulement des demi-secondes, je vous en donne l'assurance, et avec moi qui me donnais bien à fond, il a dû avoir les yeux exorbités plus souvent qu'autrement. Lambert D. a semblé apprécier énormément ma conduite. Plus je l'aspirais, plus sa main droite exerçait une pression autoritaire sur ma tête pour me maintenir sous le volant gainé de cuir noir. C'est vrai que l'espace y est restreint; une chance que je ne suis pas claustrophobe! Si je compte porter plainte pour rudesse? En fait, ce sont les fabricants d'automobiles que j'aimerais dénoncer. Ont-ils déjà tenté l'expérience de se faire sucer tout en changeant les vitesses? Ce n'est pas commode pour la poitrine de la passagère inclinée, ça entrave un peu les mouvements, mais bon, c'est un détail, l'important est que j'ai fait une pipe turbo à Lambert D. C'était comme dans les pubs qui disent : «Venez savourer une nouvelle façon de conduire...». Vraiment, c'était fabuleux. L'ivresse de la vitesse m'excitait, les sursauts sur la chaussée me faisaient déraper. J'essayais de mettre toute l'eau de ma bouche sur son sexe pour ensuite lisser les poils noirs.

Le sac? Le sac gonflable? Ah non, je n'ai pas réussi à déloger ses couilles durcies du pantalon, c'était trop serré, il aurait fallu qu'il s'étire suffisamment et qu'il sorte presque sa tête par le toit ouvrant pour tout déballer, donc j'ai concentré mes efforts à le pomper, à huiler sa puissante traction. Il avait son bras de vitesses à lui et j'avais le mien, visqueux celui-là, parfait pour la main, j'ai presque failli en développer un *tennis elbow*. Non, je ne me souviens pas si la radio fonctionnait, je n'entendais que mes claquements de langue et ses soupirs à lui, aussi directifs que des grands panneaux de signalisation. La climatisation? Totalement déficiente. Les lieux? Je n'ai pas réellement surveillé les flèches, monsieur l'agent, j'avais une vision excessivement réduite, mais ce que je sais sans aucun doute, c'est que c'était une petite vite, que je l'avalais bien droit et que lui déviait constamment son sexe dans mes joues, il se garait tantôt à gauche tantôt à droite, il tremblait de spasmes dangereux et répétait régulièrement « N'arrête pas! n'arrête pas! ».

Je suis totalement incompétente en matière de carrosserie, mais cela n'a aucune importance, il n'y a eu aucun froissement de tôle. Il ne m'a pas touchée; ses mains contractées étaient aussi occupées que vous pouvez l'imaginer, et moi j'ai fait attention de ne pas le distraire davantage. Il était déjà assez perturbé que je le suce jusqu'à la moelle sans décélérer. Donc, pas de dommages physiques à rapporter, ce qui est vraiment très très regrettable car moi j'avais tous mes boutons en position de marche. Mais bon, comme c'est toujours le conducteur qui a le contrôle, j'ai respecté le code et, après trois kilomètres d'un trajet que je n'aurai finalement jamais vu, Lambert D. a précipitamment rangé la voiture sur l'accotement et a joui comme ce n'est pas permis.

Oui, il y a bien un léger point d'inaptitude à noter à son dossier, je vous le concède. Dans la manœuvre, il a complètement oublié de vérifier son angle mort.

Et ces yeux, en face

CE MATIN-LÀ, je commençais un nouveau travail dans un bureau qui me semblait aussi excitant qu'une réclame de protège-dessous. J'avais dû accepter cet emploi parce qu'il correspondait parfaitement à mes compétences et à l'anorexie récente de mon compte de banque. Je me suis dit que j'irais là-bas et que j'y ferais du temps, six mois tout au plus, comme un petit bandit qui accepte sa sentence de travaux communautaires avec un sourire résigné.

Après trois mois, mon enthousiasme déjà anémique des débuts sentait la chambre à gaz. Je ne voyais vraiment pas comment je pourrais continuer. Tous les dossiers que je traitais devaient être abordés de la même façon, comme un lit qu'on fait toujours au carré, sans pli.

Un jour que je m'étais convaincue qu'il vaudrait mieux que je parte, je reçus un courrier électronique.

Il provenait d'un homme que je ne connaissais pas et qui travaillait dans l'immeuble à bureaux en face du mien. Quand j'ouvris la missive, je tombai littéralement à la renverse. Cet inconnu m'épiait depuis des semaines : il connaissait le moindre de mes gestes et de mes bâillements. Il savait à quelle heure je rabattais les lattes de mon store en après-midi, auprès de quel arbre j'allais lire dans ma pause dîner et lequel de mes chemisiers moulait le mieux mon corps.

J'avais les sens en émoi. Il m'apprit même qu'un mois auparavant, jour pour jour, il m'avait vue me masturber derrière mon écran d'ordinateur et qu'il en avait éprouvé une excitation qui avait laissé des traces. Il avait adoré me voir relever ma jupe et caresser la porcelaine de mon entrecuisse, glisser une main dans mon verre d'eau froide puis dans mon décolleté, écarter ma culotte et agiter douce-ment un stylo sur ma petite amande mouillée. Comme il l'expliquait en peu de mots, il avait trouvé superbe de me voir me contenter moi-même.

Quand je compris qu'il avait dû suivre mon tempo et qu'il avait probablement déchargé au moment où, moi, j'avais encaissé ma jouissance, je me permis un sourire. Et je réalisai que la bombe à neutrons avait nécessairement été inventée par des hommes, parce qu'ils aiment quand ça explose, quand il y a indécence. J'eus alors la conviction que je n'allais pas en rester là, que le coup d'État qu'il avait provoqué dans ma matinée ordinaire réclamait une réplique de premier ordre.

Je décidai d'aller au cœur du mystère et de retourner sans attendre une note à mon expéditeur. «Tu sembles croire que je pourrais être intéressée par toi. Serais-tu un cas de vanité? Es-tu du genre à n'obtenir du plaisir que par voie détournée, à tra-vers une fenêtre?» Une réponse me parvint rapide-ment. «Non, j'attendais simplement de voir si tu n'étais pas une douce hallucination…»

Je savais qu'il pouvait me voir d'où il se trouvait. J'ouvris alors les jambes parce que j'avais du feu sous ma jupe et tapai la suite sur mon clavier. « Je suis heureuse que tu aies apprécié les caresses que je me suis données, mais je ne veux pas jouer dans la politesse secrète. Dans quelques instants, je vais verrouiller la porte de mon bureau et t'offrir ce que tu aurais vu, l'autre jour, si j'avais su que j'avais un spectateur... »

Dès cette mise au point, je m'exécutai. Je me levai doucement, fermai la porte de mon repaire avec excitation et, pour ne rien camoufler et rendre le moment plus intime, je pris place directement devant la grande fenêtre de côté. Je souhaitais qu'il voie tout de moi, ma gêne et mon envie de plaire. Je voulais avoir l'impression de me livrer à lui, d'être une bouche ouverte qu'un homme aspire pour en goûter la salive chaude.

En suivant la musique que j'avais mise, je renversai la tête en arrière, commençai à me déhancher de façon langoureuse, passai mes mains sur mes seins pour les éveiller et les caressai jusqu'à en faire gonfler les pointes roses. Quand ils devinrent deux bouts incandescents, je déboutonnai mon chemisier, je sortis mes seins de leur écrin de dentelle, je me rapprochai à un décimètre de la fenêtre, puis j'allai les poser contre la surface froide en traçant des cercles lents. Mes seins étaient comprimés, soudés à la fenêtre, et c'était exquis. Je savais que plusieurs étrangers pouvaient me voir, mais je n'en étais que plus émoustillée.

Un premier commentaire arriva. « Je bande... Rien n'est plus troublant que tes seins libérés qui doivent être d'appétissants amuse-gueule... Continue!»

Ma hardiesse ayant trouvé preneur, j'entrepris de laisser mes mains errer sous ma jupe. Je me tournai, relevai le tissu soyeux, me penchai bien bas vers l'avant et lui révélai ma croupe habillée d'une fine lanière. Après m'être trémoussée quelques secondes pour lui exhiber les tendres chairs de mon sexe, je me retournai, agrippai une petite chaise droite, y montai et retirai ma jupe doucement, très doucement, comme s'il s'était agi d'un spectacle de séduction à processus lent. Je n'avais plus sur moi que mes sous-vêtements et mes talons hauts. Je me sentais transpirante, frémissante et dressée.

Je me plaisais à exécuter mes exercices de sensualité. Monter, descendre, remuer, me flatter avec style, haleter, jouer à l'actrice clandestine qui sait faire frétiller sa petite touffe blonde à chaque caresse efficace.

Un deuxième message me parvint. «Si, par malheur, tu commettais l'affront d'arrêter là, j'agoniserais! Je souffrirais, malgré que la souffrance, avec toi, doit ressembler au bonheur! J'aurais envie de te prendre, là, et d'alterner duretés et douceurs. J'aurais envie de te boire comme un cocktail de passion. On ne doit pas s'embêter avec toi!... Tu sens le baril de poudre! Continue!»

J'étais troublée. J'aimais le regard qu'il portait sur moi. J'aimais ses égards et ses compliments, qu'il faisait tourner comme un carrousel. Pour la première fois depuis longtemps, je ne percevais plus mon corps sous l'angle de ses imperfections, je n'avais plus besoin d'être rassurée. Les belles paroles ne m'étaient plus impérieusement nécessaires comme une source d'oxygène. J'étais une femme qui décide d'elle-même de se montrer. J'étais une œuvre d'art humaine dans un cadre de verre, regardée, admirée comme un objet de musée. J'étais une beauté qu'on ne peut abîmer, parce que la vraie beauté est comme deux pigeons qui s'aiment; elle ne s'envole jamais.

Pour une fois, un homme me rendait un hommage silencieux, et ces mots qui n'étaient pas prononcés et qui n'étaient pas des clichés creux avaient plus de poids que tout discours savant. J'étais l'attrait, l'irrespect, le non convenable, la libre expression, et ça me plaisait infiniment. J'étais l'intouchable, la défendue, le fruit tendu, l'angélique putain qui s'offre aux yeux en se soustrayant aux mains.

J'étais convaincue qu'il pouvait percevoir le rythme saccadé de ma respiration. Même à distance, je le sentais tout près de moi. Je ressentais son souffle sur mon ventre chaud, sur mon nombril délicieusement creusé, sur mes hanches affolées. J'étais une danse, la sienne. J'étais un tango qu'il découvrait comme à travers le trou d'une serrure.

Avec un minimum de décence qui m'effraya, je décidai de rendre mon plaisir complet, de l'exposer en vitrine. J'allais être mon propre ferblantier et me chauffer moi-même, me faire fondre moi-même. Je retirai ma culotte, relevai une jambe jusqu'au rebord de la chaise et commençai à faire sursauter ma chatte, magnifique majesté de désir. Mes mains couraient partout sur mon corps, montaient, voyageaient, palpaient, pétrissaient, se perdaient dans mes humidités. J'étais une palpitation, une servante de mon plaisir. Je me baisais, je me tatouais les seins avec le bout de mes ongles. Je contractais et desserrais les muscles de mon sexe jusqu'à en avoir mal. Je m'imaginais avec l'étranger, lèvres et langues unies, bras et jambes furieusement entremêlés. Il me semblait que ma bouche grugeait sa défonceuse et la plongeait dans un délire aussi puissant qu'une lampe dont l'huile aurait été remplacée par du kérosène de fusée.

Pendant que j'enfouissais mes doigts au plus profond de moi et que je poussais des inflexions rauques, je sentis l'extase me prendre par vagues successives. Jouir tient toujours d'une sorte de miracle. Je n'étais plus une femme engourdie et perdue dans ce bureau, j'étais tout à coup une femme trouvée, vue, électrifiée, pulvérisée de petits éclairs.

Avec un sourire immobile sur les lèvres, encore ébranlée par le dernier spasme de mon ventre, je terminai ma jouissance en me rapprochant de la fenêtre et en jetant un regard perçant dans celle d'en face. C'est alors que je le vis, magnifique, solide, fascinant, avec une émotion étrange au visage. Ses yeux étaient ceux d'un torpilleur qui a bien visé.

Je reçus son dernier message comme une lame de douceur. « Tu es une véritable déclencheuse! Wouh! En regardant ton orgasme, plus aucun cran d'arrêt n'a tenu : il m'a fallu trouver le mien... Il n'y a pas à dire, j'ai joui en me répandant sur ma fenêtre qui aurait pu être ton visage. La prochaine fois que tu t'animeras aussi fougueusement, pitié! ne nous laisse pas séparés. Tu m'accorderais le droit de te toucher? Juste une fois? Juste pour te faire jouir pour chaque journée où tu as été une occupation absorbante? »

Sans trop savoir pourquoi, je me rhabillai avec calme, j'imprimai ma lettre de démission que je conservais depuis des semaines dans mon classeur et je courus la remettre au président.

Tout était devenu soudainement très clair. Je n'allais tout de même pas être condamnée à m'accrocher à une fenêtre ou au regard d'un homme pour me sentir vivante au bureau.

En pliant valise de travail et dossiers, quelques jours plus tard, j'envoyai un message à mon étranger. «Tu es un sale voyeur!... Mais je te recontacterai, parce que, en me regardant comme tu l'as fait, tu m'as montré que l'attrait de me plaire à moi-même est plus fort que tout.»

Diseuse d'une bonne aventure

C'EST ARRIVÉ AVANT-HIER. Normalement, j'ai une vie de rédactrice assez prévisible. J'écris, je révise, j'aligne des mots, jour après jour, je presse mes idées jusqu'à la pulpe comme des oranges. Précision : même si l'écriture est ma seconde peau, je n'ai pas pour spécialité l'écrit porno ou le chaud clito. J'écris tout simplement des papiers corrects que me commandent des magazines, et jamais je ne commets d'incivilités en tapant mes textes. Mais là, avant-hier, quelque chose est arrivé. Et c'est à cause de ton ami, tu sais, celui qui tourne des documentaires et que je devais interviewer pour une chronique culturelle.

Il n'aurait pas dû. Au début, on a commencé à parler, tout simplement. Ses propos étaient pertinents et dansaient collés avec tout ce que j'avais lu sur lui dans le dossier de presse. Et, de mon côté, j'enchaînais bien les questions et les remarques. Deux heures d'un dialogue professionnel qui a gardé ses réserves. Mais plus on parlait, plus ça déviait. Courtes décharges de séduction.

À un moment donné, quand la serveuse a déposé nos plats de terrine de poisson, sa jambe a effleuré la mienne sous la table. Le frôlement a été léger mais, comment dire, il a été d'une sensualité qu'il m'aurait été injuste d'ignorer. Mon cœur s'est mis à battre de façon précipitée et je me suis demandée s'il l'avait fait exprès.

J'ai été troublée quand il a répété son geste, et encore plus quand il m'a balancé ce bagage de sous-entendus. Il m'a dit que j'avais beaucoup écrit dans ma carrière, mais que je n'étais sûrement pas du genre à pouvoir détailler des scènes de jupes relevées. Parce que ce serait un contre-emploi. Parce que j'avais l'air d'une jeune fille trop bien rangée. Bien sûr que j'ai encaissé les allusions comme des reproches.

Sur le coup, je n'ai rien trouvé à objecter. On ne mord pas un loup qui montre ses crocs. Mais après une brève bataille de sourires en coin, je me suis payé une folie.

Par une bravade certainement insensée, je lui ai indiqué que je pouvais dépuceler et dépraver n'importe quel texte. Écrire cru sur n'importe quel cul. Écrire de pleines lignes juteuses sur son andouille à col roulé, qui devait tenir un très beau langage puisqu'elle appartenait à un maître insolent. Très vite, il m'a gratifiée d'une première érection, perceptible au soudain éclair d'intérêt dans ses yeux.

« Je peux écrire sur tout, ai-je suggéré en repliant soigneusement mes feuilles à petits carreaux. Mais je peux aussi dire. »

— Dire quoi ? s'est-il informé en ne haussant qu'un seul sourcil.

— Dire des choses pour maintenir l'intérêt dans ton pantalon. Finalement, tu es venu ici pour ça, non ?

Jamais le bracelet de mon vagin n'avait été aussi dilaté, pas même sous le doigté expert de mon gynéco. Avec un air que je voulais détaché, j'ai sorti mon magnétophone de poche et l'ai approché de ma bouche tellement jolie en rouge. Pour vérifier le son, j'ai suggéré sans précaution un : « ton appendice fait une crise dans ton pantalon ? un, deux, testing...» Je me suis presque trouvée drôle. Bien quoi, dans les restos, l'humour n'est pas un microbe. Pendant que j'avalais trois gorgées de vin, il a cru bon de préciser : « Ne rationne pas trop les détails.

— Parce que Monsieur passe des commandes spéciales avec ça ? » ai-je rétorqué en remarquant soudainement, et de façon très à propos, la longueur de ses phalanges.

Il s'est incliné vers moi, comme s'il allait me confier un secret de pape. « Oui, fais-moi une bonne baise orale, m'a-t-il soufflé pour me provoquer, je vais me l'imaginer comme on écarte un drap.»

En disant cela, il m'a fait l'honneur d'un de ses doigts dans ma bouche, enfoncé avec une lenteur intime, comme si nous nous connaissions depuis longtemps. Forcément, j'ai sucé l'intrus pour montrer l'utilité de ma bouche en cœur, comme si me faire bourrer était une proposition que j'acceptais avec naturel. J'ai eu immédiatement chaud dans le bas-ventre. Et j'ai constaté que mon sexe ouvrait boutique, tout à coup très humide, invitant, prêt à recevoir. La canaille a rajouté, en scrutant avec insistance l'*exposure* de mon décolleté : « C'est avec le doigt que tu suces que je me branle normalement».

« T'inquiète pas avec ça », que j'ai dit. Mais j'ai quand même eu l'impression d'être caressée en public.

Et j'ai démarré la bande-son. Et j'ai parlé lentement comme une lectrice, en gardant constamment mes yeux rivés aux siens, insolente, provocante. C'est sûr que j'ai improvisé l'itinéraire. Comment faire autrement ?

« Je suis nue en ce moment. Nue et debout devant toi. Tu tournes autour de mon corps pour en dresser un examen sommaire et avoir des prises parfaites sur chaque bout de ma peau. Je suis ta galerie de portraits. Moi de face. Moi de profil. Moi vue par l'arrière. Tu aimes mes fesses bombées ? C'est que tu les regardes longuement. Tu observes ma raie qui est comme un point de fuite. Puis tu approches ton souffle chaud et tu déposes ta langue sur l'arrondi de ma fesse gauche. T'as remarqué mon joli tatouage de lionne ? Je me sens horriblement soumise à toi, mais j'adore cette sujétion, cet abandon exigé. »

Bon début. Il n'a pas commenté, mais il n'a pu s'empêcher de gigoter sur la banquette et de s'asseoir sur une fesse, puis sur l'autre. Ses prunelles me disaient : « Mon pantalon m'encage la bite. Ce n'est pas extensible du tissu à pantalon ? »

J'ai presque pris panique à ce moment-là. J'aurais voulu lui dire que cette bouche qui parlait était celle d'une autre. Pas la mienne. Moi, je ne suis pas une narratrice de cul minute-express. Vite, raturer ces mots et les remplacer par d'autres. Comme s'il avait senti ma réticence à poursuivre, il m'a fait un sourire à la Mona Lisa et m'a dit : « Continue, c'est magnifique, ça commence à ressembler à ce qu'il y a de plus chaud en toi.»

J'étais prête à repartir.

«Tu embrasses tout le long de mon dos, comme s'il était le nerf central de tous mes plaisirs. J'allume. J'ai des frissons, des sursauts. C'est divin. Tu remontes encore. Tu trouves ma nuque, tires mes cheveux vers l'arrière pour me faire lever la tête, et tu égares tes lèvres sous mon menton, sous mes lobes d'oreilles, sous mes interdictions.

«Je suis ton automate. Je me laisse faire, admiratrice de tes doigts alertes qui font arrêter le temps sur moi. Tu t'empares de mes seins et tu les serres l'un contre l'autre, comme s'ils devaient se multiplier ainsi en grosseur. Ils forment un gros pain au lait que tu manges comme un affamé. Je ne te reprocherai pas de me mettre si bien à table! Tu suces mes mamelons en ajoutant à chaque succion un lèchement de langue. Aspirer et polir, aspirer et brosser. Ton rythme est le bon : me voici qui pousse des cris aigus de chatte, qui hoche la tête de gauche à droite pour dire oui à d'autres siècles de tripotage. Mes plaintes t'incitent à poursuivre. J'ai l'impression que tu siphonnes mes dernières retenues. Je te connais pourtant à peine.

«De temps à autre, tu ordonnes : «ne ferme pas les yeux! regarde-moi! regarde ce que je te fais!...» Oui, je vois. Je suis mon propre cinéma. Ma gestuelle est éloquente. J'ondule du bassin. Mes cuisses sont crispées. J'humidifie sur place.

«Tu t'agenouilles et ta bouche est maintenant en suspens près de ma toison. C'est l'horreur! Cette bouche attend. Quand tes doigts auront terminé de me prospecter et de s'humecter sans gêne dans ma crevasse, ils iront grignoter ma petite noix.

«Ça y est. Guidé par mes exclamations, te voilà qui me branlottes le clitoris de ta langue, d'abord en mouvements légers, puis accélérés. Ta langue rectifie ma ligne de sexe et besogne au complet mon bouton rosâtre. Les bruits de salive qu'elle produit ont quelque chose de sublime, de grossier, de presque désespéré. De temps à autre, tu interromps tes lapements pour me confirmer ton titre d'homme lettré en obscénités. "Tu dois être une bouffeuse de pieux de première classe, toi! Une chatte pour la défonce profonde! Une suceuse qui doit aimer les grosses giclées!" Tu ne t'embarrasses d'aucun surplus de gestes. Tout est concentré sur mon clitoris, dont tu dégustes la liqueur milligramme par milligramme.

«Je voudrais te dire d'aller explorer ailleurs avant que je ne convulse. Mais les seules paroles que m'autorise mon plaisir sont *con-ti-nue, ça mooonnn-te*. Est-ce cela flotter?»

Rendue là, j'ai arrêté de parler. Ou plutôt, j'ai été obligée d'arrêter. Je respirais tellement vite que ça m'empêchait presque d'articuler et d'être audible. J'avais l'impression d'être dans un brouillard. Tous ces gens autour, pouvaient-ils entendre le bruit de mon affolement? Quand j'ai enfin levé le regard vers celui qui dévorait chacun de mes mots, j'ai eu les sens remués. Ses yeux ne faisaient pas des trous dans mon corsage. Ses yeux n'étaient pas racoleurs. Ses yeux ne parlaient pas. Ils *disaient*.

Ils disaient : «Tu ne me déçois pas. Tes mots vibrent, vivent. Ils sont de feu.» J'ai continué de me déverser pour lui, parce qu'il y avait du respect dans sa façon de me regarder et de me désirer.

«Sans prévenir, tu me couches sur le dos, bras repliés au-dessus de la tête. Oui, j'apprécie tes manières de m'examiner partout. Activité frénétique. Tu touches tout, mais jamais longtemps. Tu me pétris les chairs, réussissant presque à me graver au poinçon. Je lévite à la surface de mon corps, dans un état second. Allez, jette-toi sur moi! Broie-moi! Fais-moi voir la grimace de ton visage quand ton sexe dur à casser se plaquera contre moi! C'est prodigieux de te désirer autant, alors que tu m'es pratiquement un pur étranger.

«Pourquoi faut-il maintenant que tu répètes mon prénom cinq fois, dix fois? Comme si chaque partie de mon corps était le même moi. Pourtant, mon plaisir est découpé. Je ne suis pas la même en haut et en bas. Je n'ai qu'un centre pour l'instant : ma vulve, pourpre, révélée par mes jambes écartées qui lui servent d'encadrement.

«Ah oui! oh oui! reviens sur mon clitoris, c'est ça. Réoriente ton doigt juste là, encore un peu plus haut, frotte vers le haut, doucement mais avec la régularité d'un piston. Mon pubis me rend quémandeuse. Oui, ça vient, la pression est insistante, ça monte, j'ai mal, mes paupières ne sont que des plis serrés, je suis une arête vive, ça monte, l'attente est un enfer. À quoi je ressemble quand je jouis?

«Non, ne réponds pas... J'ai l'esprit vide en ce moment. Je commence ma danse du ventre. C'est l'unique façon de faire passer ce torrent qui me soulève. J'ai l'air d'un objet inanimé qui ne sait que râler. Mais ça va passer. Non, ne me crois pas. Ça ne peut plus arrêter. Je deviens suppliante du regard. J'ai maintenant cette longue brûlure en moi, cette

envie d'être possédée que rien ne peut expliquer.
J'ai mal. Les muscles de mon vagin se contractent
mais ne trouvent aucun tonneau autour duquel se
cercler. Je n'ai plus envie d'être explorée, mais
explosée. Cet orgasme m'a vidée. N'attends plus,
envahis-moi, pille-moi...

« Tu me relèves et me conduis vers l'escalier.
Assise sur la deuxième marche, je t'ai à portée de
bouche. Pour toi, c'est la torture de l'attente.
J'ouvre ton pantalon. Pas déçue. J'y délivre une bite
gonflée et de belle géométrie qui me fait divaguer.
Elle est bien raide et dure. Je la manie à dix doigts.
Je l'égoutte sur mes seins avec application. Je la fais
coulisser jusqu'au nœud de garde, dans un va-et-
vient qui te fait respirer fort. Ça y est, c'est le signal.
Tu prends ma tête et l'abaisse brusquement pour
une java. Je t'aspire, te pousse au fond de ma gorge
jusqu'à en suffoquer, et te décapsule comme si
j'allais en sortir héroïque.

« Les marches me brisent les reins. Plus je te
suce, plus tu me fais grimper l'escalier. Je comprends que la volupté m'attend en haut. Après une
escalade essoufflée, le palier est là. Tu m'y
embroches sans me manquer, en poussant dans l'axe
que je préfère. Je vais me décrocher de mon corps.
Mon cerveau, qui pompe le sang comme un damné,
va se rompre. Est-ce moi qui crie ainsi ? Je veux
t'avaler, mais toi tu préfères me badigeonner tout le
visage avec ta semence qui m'asperge par courtes
intermittences. »

***

C'est vrai que ça peut arriver. J'aurais pourtant juré que ce n'était pas possible.

Au moment d'aboutir à ce passage, tout ce qui était sur la table est devenu comme liquide, tout s'est fondu en une même vision, plus rien n'avait de forme, j'étais comme ivre, je sombrais, et quand tout a perdu sa dimension et que j'ai osé emprunter ta main pour la poser sur ma figue, comme ça, sous la table et sous ma jupe, dans un geste absolument discret et retenu, j'ai joui avec une violence inattendue.

Ça m'a tout l'air que tu as apprécié notre premier contact. Parce que tu m'as vite demandé, tout à coup débraguetté, si l'entrevue allait se terminer comme ça.

Non, t'ai-je rassuré. Il reste encore la séance de photos.

Vous avez trois messages
non écoutés

BONJOUR, BEL ANGE,
J'aurais pu tomber dans ton lit, mais j'atterris dans ta boîte vocale. C'est la seule façon que j'ai trouvée pour rejoindre l'homme aux brusques envols que tu es.

Il est presque 22 heures. Nous sommes vendredi soir.

Je t'appelle directement de ton bureau. C'est l'un de tes vp qui m'a laissée entrer. Celui des ressources humaines, l'homme des protocoles de l'âme, ça tombe bien, non? J'ai dû le convaincre que j'étais en service commandé. Tu parles. Je lui ai dit que j'étais ta commissionnaire et que je venais récupérer certains papiers dont tu as absolument besoin pour lundi matin. Il m'a crue. Quinze minutes que j'ai demandées. Le temps de tout rassembler.

Moi dans ton bureau désert. Je verrouille la porte, par prudence. J'ai l'impression d'être une espionne qui s'est introduite à la Maison-Blanche. Je suis assise sur ta chaise présidentielle, j'ai les pieds posés là où tu les poses normalement, je touche tes

piles de dossiers, j'ouvre tes tiroirs comme si je
pouvais m'en remplir, je fais rouler tes crayons.
Tous tes objets, tes gestes, tes humeurs. Comme s'il
m'était possible de reconstruire le puzzle complexe
que tu représentes. Même le combiné de ton téléphone sent ton parfum. Ce sont tous tes mystères
que je trouve ici, que je respire comme un vin rare.
Après quelles révélations obscures je cours? Tu
as raison. Elle est ridicule, cette intrusion. Mais je
ne pouvais m'en empêcher. Ça m'humilie, mais ça
m'excite à la fois. Je sais que tu as mangé et jeté plusieurs pommes avant de me rencontrer. Quelques
poires, aussi. Sonia, notamment. Et Michelle. Et
Sophie-Andrée. Et Myriam. Un long générique de
rivales. Je ne les connais pas, mais je leur souhaite à
toutes d'être devenues laides et moches. Tu les as
baisées dans ce bureau? Tu t'es vidé dans leur
bouche jusqu'à leur en donner des haut-le-coeur?
Dommage que je n'aie pas de flacon d'eau de javel.
J'effacerais tout, surtout les germes menaçants de
tes anciens fantômes. Rivales aseptisées. Je comprends mieux maintenant pourquoi les hommes
prétendent que leur bureau est une maîtresse acca-
parante...
   Tu vas me dire que c'est idiot d'être jalouse de
ton passé. Qu'il y a de l'indignité à juger ce qui était
avant soi. Qu'on trouve immanquablement et inutilement des relents de petite pourriture quand on
soulève les vieux couvercles. Tu sauras que l'amour
n'est pas une marque déposée d'intelligence. Pourquoi prétendre que ton ancienne vie de don juan
m'indiffère? Elle me fait un peu peur, un peu
comme dans «j'en suis terrifiée». Je suis franche au
moins. Ta vie d'avant est comme une lettre écarlate

qui se fait voir même dans le noir, même à travers la hardiesse de nos ébats.

C'est impossible, je le sais, mais j'aurais aimé être la première chair que tu aies feuilletée, goûtée, débauchée. Pas une seule avant moi. Et pas une seule après. C'est mon paradoxe, si forte en surface et si empêtrée dans ma fragilité.

Tu sais pourquoi je suis venue? Parce que j'essaie d'embarquer dans ta vie et que tu résistes. Parce que je ne suis pas une poupée de porcelaine qui se brise sur le sol pour qu'on la remarque. Moi, j'agis. Moi, je défie. Après ceci, ce sera à toi d'être choqué ou impressionné, de m'expulser ou de me réclamer.

Je suis venue pour me répandre dans ton air, comme un aérosol. Pour incruster mon odeur comme une référence dans ton tapis, sur tes murs beiges. Pour qu'à partir de maintenant, mon numéro de cellulaire occupe le plus important de tes *post-it* jaunes. Je veux que mon nom soit le salaire auquel tu tiens le plus. Parce que je vais le faire. Maintenant. Je vais me masturber ici. Devant tes dossiers fermés, ton restant de café froid et ton dernier *New York Times*. Lundi, ce ne sera pas ton agrafeuse, ta plante et ton écran d'ordinateur que tu verras en entrant. Ce seront des objets qui ont vu mon sexe divaguer et s'affoler. Qui ont assisté à tous les emplois que peuvent remplir des doigts qui s'ennuient de toi.

Attends, je te rappelle. Je vais bientôt être interrompue par le bip…

Me revoilà!

Moi aussi je suis d'affaires.

Je viens de congédier mon chemisier. Et là, je procède à d'autres mises à pied nécessaires. J'enlève mon pantalon gênant et mon soutien-gorge.

Effectif maintenant réduit. Simplicité volontaire. Je n'ai que ma culotte fine et mes chaussures noires qui me rendent géante. En ce moment, je suis ce qu'on pourrait appeler une femme légère.

Là, si ça ne t'ennuie pas, je vais mettre le téléphone en mode mains libres. Oui, tu imagines bien. J'ai besoin du fil boudiné. Pour l'amour, si ce truc en spirale peut me relier à la planète entière, il peut bien me raccorder à toi!... Je me le passe entre les jambes comme un fil de soie, comme une belle garce qui cherche à être troussée et retroussée. L'effet du fil est magique, je le balance bien, on dirait qu'un collier de perles me caresse et me grignote, non, me mâchouille plutôt. Comme si j'étais à califourchon sur de petites dents. Ce que c'est spécial! Tu veux que je te dise? J'avance maintenant mes mains vers mes seins, j'ai les deux pouces sur mes mamelons et je les fais grossir par petites pressions circulaires. Je voudrais que ce soit toi qui les essouffles et les siphonnes, toi qui les broies et les répares avec les remèdes de ta bouche.

Tu en baverais si tu me voyais...

Depuis trois secondes, j'ai la raie des fesses imprimée sur ta chaise. Mes jambes sont très ouvertes, je dirais dans un angle plus qu'appréciable pour un compas d'homme. Et je frotte ma poitrine sur le rebord de ton bureau acajou. Ça fait frémir tout mon corps. Ça part d'en haut et ça descend de plus en plus bas. Il n'y a rien d'intellectuel là-dedans. C'est même très érotique, extatique.

Là, c'est ma main qui flatte ma chattière et qui gonfle sa petite tête curieuse. Je me caresse dans un va-et-vient de salive, je suis mouillée et enflée dans mon jeu solitaire. Je fais vite, mais avec langueur. Ta chaise va sentir ma pommade, mon jus de fruit. Ta secrétaire va adorer.

Ce que je donnerais pour qu'une indiscrète caméra de surveillance me filme. Je te montrerais ma large écoutille toute inondée de plaisir, mon nombril qui fait du flamenco, mes doigts clandestins qui ne veulent plus fuir, qui malmènent mes trous comme s'ils étaient des terrains d'expédition où il faut se dépasser. J'ai là un doigt dépisteur qui vient fouiller mes petites lèvres et qui m'arrache des gémissements profonds... Un doigt qui me chauffe très longtemps... qui me dilate très avidement... qui bute jusqu'au fond. Je ne sais plus s'il veut m'achever ou me faire naître. On dirait qu'il ne connaît pas la relâche. C'est Al Capone en personne qui fait le coup du siècle.

Et lui, aussi horrible que nécessaire à mon bonheur, c'est le doigt huissier qui veut prendre et établir ses lois, hum... mais je lui réserve mon cul à celui-là, mon trou fuselé à l'émail tout doux. Il entre, s'approprie sa part de mérite, m'engloutit. Moi je serre et relâche avec un abandon permissif. Ce sont mes pudeurs que j'écartèle ainsi dans ton bureau...

C'est mesquin ce que je vais dire, mais tu manques quelque chose ! Pense à la faire installer, cette caméra. La vision que tu aurais ! Moi en gros plan, captée avec les yeux révulsés, les seins à l'air, à vif, l'entrejambe investi par des doigts décadents, hardis. Des doigts de cardiologue qui me conduisent au bord de l'arythmie avec prodigalité et qui, entre deux morts certaines, me sauvent toujours *in extremis*... Moi, en train d'évacuer toute ma sueur dans ton bureau, comme si c'était une salle de bains.

Et tu as pensé à la rediffusion?

Attends, je dois à nouveau raccrocher...

Allô, c'est re-moi. Je ne vais pas bien du tout. Ça tangue ici. Je ne sais plus comment me déhancher, plus où m'adosser, plus où m'accrocher. Tu vas me permettre de m'étendre sur ton bureau, sur ton *New York Times* déjà fripé, en travers de ton clavier. C'est froid, j'ai chaud. Mon souffle rétrécit, moi j'élargis comme un buffet offert. À quoi je pense? À tes couilles qui ne tombent pas sur mon visage, à ton bâton intenable que tu ne m'enfonces pas au fond de la gorge... à toi qui ne me dévisses pas, à tous ces léchages dont tu me prives. Je pense aussi à tes relations d'affaires bientôt dans ce bureau... à mon travail très appliqué pour bientôt jouir. Ça vient, je suis arc-boutée, tête renversée, tout est bien dégagé. Ma main droite est une centrifugeuse et exerce des rotations rapides sur ma dragée, là où il y a panique, là où le monde s'enfuit, là où il faut soulager par humanité, au fur et à mesure que se généralise l'engourdissement. Je suis soudainement hypersensible, harassée de souffrances sublimes. Plus je me touche, moins je sens la vie ordinaire. Combien de doigts m'embourrent? Ils agissent comme une table de multiplication et me décuplent en audaces.

Le sais-tu que mon sexe n'est pas grand-chose sans ton cœur? Je rêve que tes lèvres sont sur moi des tressaillements et des émerveillements, qu'elles me déroutent et me dévastent. Pourquoi es-tu si loin? Pourquoi si souvent absent? Laisse-moi me consoler, utiliser ton bureau comme un lit d'amants. Ce sont nos retrouvailles prochaines que je vais célébrer dans deux instants. Écoute-moi gémir, me griser, dégoutter, ça se débat en moi. Tu es là? Tu prends du volume en m'entendant?

Écoute ça, c'est moi qui jouis dans ton bureau.

Si c'est ça faire la conversation, moi je veux bien te rappeler demain.

Et ta femme ?

C'EST RIDICULE d'appeler ça de l'essence sans plomb. C'est moi qui roule avec une absence de plomb dans la tête. Je me fais honte. Je viens d'apercevoir ta voiture sur l'autoroute, et plutôt que d'avoir pris la première sortie qui aurait pu me détourner de toi, je suis restée dans ma voie, les ongles enfoncés dans le volant. Je m'agace. Je me battrais. Quel mollusque misérable je suis. J'ai vu ton jeu de coups d'œil et l'angle parfait de ta mâchoire, plus admirable que toutes celles que je connais. Et je n'ai pas fui.

Maintenant, mon cellulaire sonne. Je sais que c'est toi. Tu sais que je vais répondre, parce que je ne suis qu'une souris mécanique qu'on crinque entre tes pattes de chat. J'en bave de colère. Je me flanquerais une volée.

Je décroche mais ne parle pas. Ce serait aggraver un cas déjà désespéré. De toute façon, on dirait que j'ai bu de l'eau-de-vie ; la gorge me brûle.

« Je me souviens de la dernière fois où j'ai posé la main sur ton ventre... » Ta voix est aussi douce que grave, comme une musique de violoncelle. J'ai le goût de te crier : tu veux m'achever, me saccager le cœur encore davantage avec ta tendresse de merde ? » « Allez, viens, je t'en prie, on va parler, me dis-tu.

— Pas grand-chose à dire ! *Game over...*

— Pourquoi t'as jamais répondu à mes appels avant ? Pourquoi t'as coupé court comme ça ? »

C'est répugnant ce que tu me fais. Tu t'approches à ma hauteur, tu t'ajustes à ma vitesse et tu me montres un trousseau de clefs. Ah non, n'importe quoi, mais pas ça. Pas ces clefs de donjon. J'ai jeté les miennes pour être sûre de ne jamais retourner à ton pied-à-terre en ville. C'était quand, déjà ? Un an. Toute une année d'insomnie et de réhabilitation où j'ai été malade de toi. Où je me suis demandée comment je réapprendrais à respirer sans ton air mêlé au mien. Où j'ai compris que je ne voulais pas être seulement une erreur dans ta vie.

Oui, ta femme, rappelle-toi. À cause d'elle, tu te sentais mal de m'aimer. Ça te réveillait la nuit de penser à tout ce baratin que tu lui inventais. Je te disais : « Arrête au moins de me confier tes états d'âme, ta culpabilité. Je suis fatiguée, j'ai l'impression d'être son bourreau et de la taillader un peu plus chaque jour. Et elle est si belle et si gentille, ta femme. Fais-moi pas ça, merde ! » Merde ! Alors j'ai eu la force de me retirer de ta route pour ne pas devenir l'odieuse chapardeuse. Pas celle qui prend. Pire, celle qui enlève.

J'appuie sur l'accélérateur. J'essaie de me sauver de moi, même si c'est un peu tard. Je jurerais que ma voiture est un fauteuil roulant et je suis paralysée dedans, incapable de me pousser de ce qui risque de me tuer.

Tu me rattrapes et tu agites encore sous mon nez ces fichues clefs qui m'ont valu l'enfer. Ton visage se

veut si convaincant et contient tellement de douceur
que ça me fout des crampes au ventre. J'ai mal à
m'évanouir. Un sourire. Tu me fais un sourire triste.
Résiste, résiste, résiste. Ne t'approche pas de lui,
même avec des gants stériles. Il est pire que le tétanos.

***

Tu es déjà là quand j'arrive à ton loft. Je ne
t'embrasse pas. Tu accroches tes doigts aux miens
au moment où j'entre. Je sais que ton regard ne me
lâche pas, je le sens sur mes omoplates, sur mes
hanches et sur mon petit cul chaud qui te dérange
terriblement en ce moment. Paie, crapule.
    Ne me demande pas pourquoi je suis venue. Tu
le sais. C'est comme quand les gens qui ont vécu un
terrible accident d'automobile retournent sur les
lieux du drame. C'est con, mais ça leur fait un bien
profond d'essayer de comprendre à partir d'où leur
existence a dérapé. À quel endroit précis tout a
capoté. C'est comme pour régler des comptes avec
le passé, pour montrer qu'on est parfois plus grand
que les catastrophes.
    Je me force à prendre un ton moqueur. «Tu
permets que je m'inquiète un peu? Tu rates pas un
rendez-vous important pour moi, j'espère, parce
que sinon…?
    — Arrête de crâner…
    — Je ne sais pas pourquoi je suis venue.
    — C'est magnétique, notre affaire, je suppose.
Je t'en prie, laisse-moi te parler…
    — …
    — Y a que les imbéciles qui peuvent dire ces
bêtises, mais c'est vrai. Je m'ennuie tellement de

toi, ça ne passe pas. Je croyais que j'arriverais à t'effacer un peu, mais quand je fais l'amour, c'est toi que je vois, c'est ton corps que j'ai envie de couvrir, d'enfiler, de voir jouir. Personne ne sent le péché comme toi. Je t'ai dans la peau. Je pense que tu vas toujours m'ensorceler.

— ...

— Personne ne suce aussi bien que toi. Je te dois mes plus belles érections. »

**

Il ne fallait pas que tu dises ça. Pas parce que je suis une petite vaniteuse qui se noie la gouttière dès qu'on lui dit qu'on l'admire. Non, c'est simplement que ça m'a donné une agréable décharge de contentement quand t'as reconnu que j'étais une suceuse sacrément douée, probablement la meilleure tailleuse de pipes que t'aies connue. Et sur cette ligne, ta femme ne pourra jamais me disputer mon titre.

J'ai ça de plus qu'elle. C'est ma vengeance. Dieu que je me répugne.

Une dernière fois, c'est d'accord. On va baiser dans ma bouche. Et tu me diras quoi faire, comme ça on pourra se battre, parce que je vais effectuer exactement tout le contraire. Laisse-moi ce rapport de forces.

**

Il a sauté sur moi, et ses mains, sans embarras, ont commencé à faire résonner mon corps comme une peau tendue de tambour. J'étais sa peinture à

numéros. Seins, fesses, hanches, cou : il a tout
ratissé, touché, mesuré, jusqu'à m'en tirer d'hor-
ribles tourments. Puis, il a tenté de m'enlever mes vêtements. Ç'a
été non. Pas dans mes plans. J'ai approché une
chaise à roulettes, je l'ai forcé à y prendre place et,
avec sa cravate, je lui ai ligoté les mains à l'arrière.
Comme j'étais excitée et que la simple politesse me
dictait de le mettre à l'aise, j'ai aussitôt ouvert sa
braguette. Oh ! Le guignol qui s'en est échappé.
J'avais oublié que son dard volumineux pouvait
autant me saisir.

J'ai ensuite sorti un petit miroir grossissant de
mon sac à main, toujours pratique, et j'ai grimpé sur
la table en bois du salon. Devant lui, avec une lenteur sensuelle, j'ai alors retiré ma culotte en
chaloupant des hanches, écarté mes jambes et glissé
le miroir sous ma jupe légèrement retroussée. La
face qu'il a faite ! Dès que j'ai eu trouvé le bon angle
et qu'il a pu enfin apercevoir la fente géante de ma
tirelire, il s'est mis à respirer de façon saccadée. Et
son gland est devenu gorgé au maximum, exorbité.

« Je vais te faire voir », que je lui ai dit. J'ai
entrouvert mes lèvres ondulées pour tout dégager et
je me suis passé et repassé les doigts sur le clito, en
exerçant les douces pressions qu'il fallait pour
m'offrir une de ces mouilles. « Réchauffe-toi à me
regarder, imagine que tu me gougnottes, que tu
sirotes ma gelée sucrée, que tu me lèches. C'est bon,
ça bat dans mon ventre, j'ai le sexe chaud comme un
tison. Pousse ta langue, encore, roule-la. C'est
gourmand, ce que tu fais. Oui, ah, ressers-toi ! »

Après être redescendue de mon socle, je me suis
agenouillée devant lui, le souffle court. Je ne lui ai

pas parlé. Je ne l'ai pas caressé avec mes mains. Je ne l'ai pas regardé. J'ai enfoncé son pieu d'un coup sec au fond de ma gorge. Il a poussé un cri errant, un cri autant de souffrance que d'apaisement. J'ai alors pompé, fouetté avec ma langue, gommé de salive, repompé comme une enragée et aspiré sa jambe du milieu de toute ma bouche, avec des assauts redoublés.

J'étais au combat. Son racloir était mon champ d'honneur. Il me fallait me surpasser comme jamais pour mériter mon titre de championne en taillage de pipes.

J'ai su exactement à quelle seconde il allait décharger.

Quand le jet est sorti, je n'ai pas bu la rasade. J'ai vite saisi une photo de sa femme qui nous observait du haut du foyer et je l'ai placée sous la giclée. Cette fois, c'est elle que j'ai réussi à éclabousser.

Table

CET OUVRAGE
COMPOSÉ EN GALLIARD CORPS 12 SUR 14
A ÉTÉ ACHEVÉ D'IMPRIMER
LE DIX-HUIT MARS DE L'AN DEUX MILLE TROIS
PAR LES TRAVAILLEURS ET TRAVAILLEUSES
DES PRESSES DE MARC VEILLEUX IMPRIMEUR
À BOUCHERVILLE
POUR LE COMPTE DE
LANCTÔT ÉDITEUR.